NÃO SE PREOCUPE COMIGO

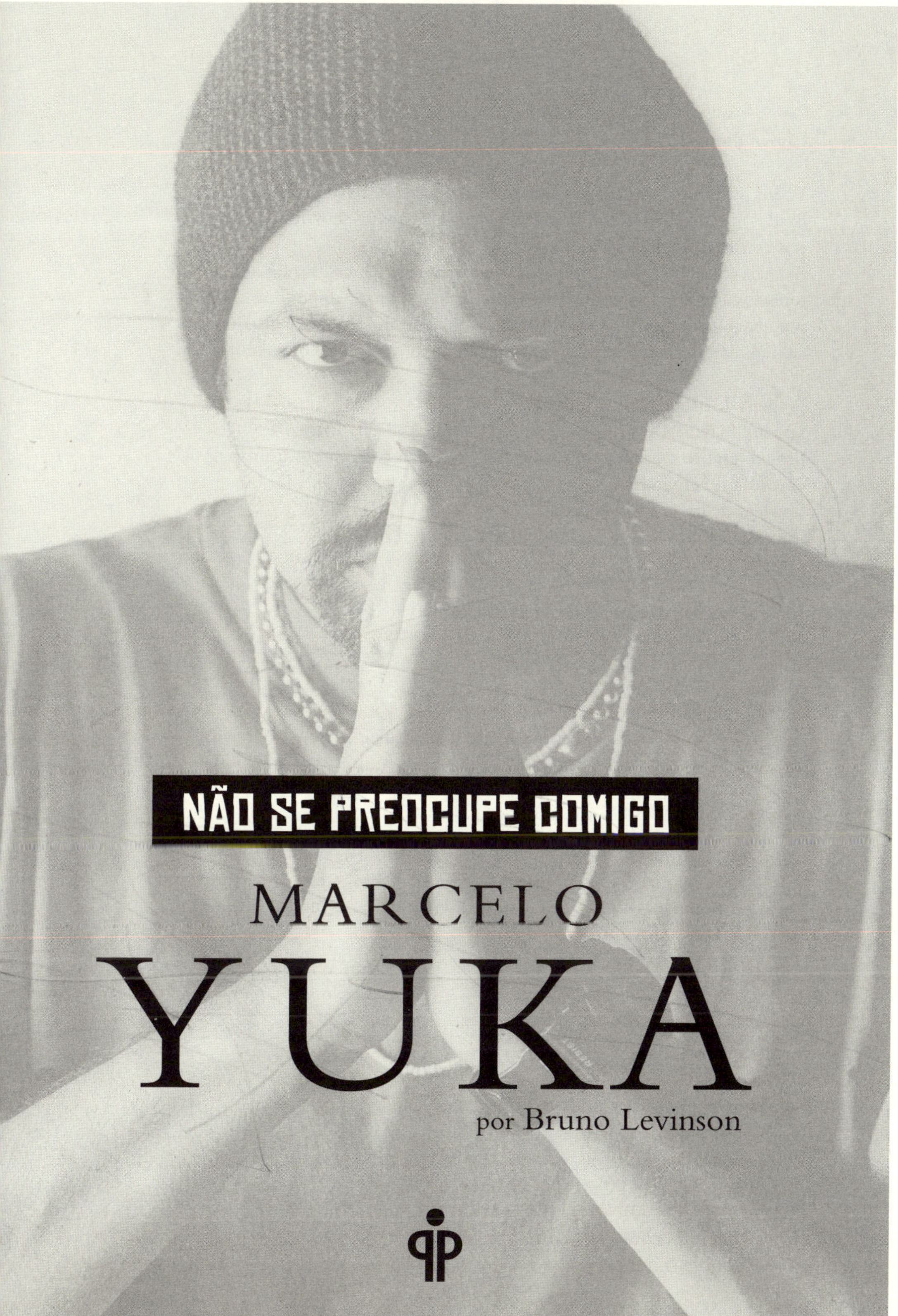

NÃO SE PREOCUPE COMIGO

MARCELO YUKA

por Bruno Levinson

Nota da editora: Foram feitos todos os esforços para dar crédito aos detentores dos direitos sobre as imagens utilizadas neste livro. Pedimos desculpas por qualquer omissão ou erro; nesse caso, nos comprometemos a inserir os créditos corretos a pessoas ou empresas nas próximas edições desta obra.

preparo de originais: Débora Thomé
revisão: Flávia Midori, Luís Américo Costa e Rafaella Lemos
projeto gráfico e diagramação: Ilustrarte Design e Produção Editorial
capa: Raul Fernandes
imagem de capa: Pedro Garrido
impressão e acabamento: Geográfica e Editora Ltda.

CIP-BRASIL. CATALOGAÇÃO NA PUBLICAÇÃO
SINDICATO NACIONAL DOS EDITORES DE LIVROS, RJ

Y85n

Yuka, Marcelo, 1965-
Não se preocupe comigo / Marcelo Yuka, Bruno Levinson;
Rio de Janeiro: Sextante, 2014.
240 p.; il.; 16 x 23 cm.
ISBN 978-85-431-0036-4

1. Yuka, Marcelo, 1965-. 2. Músicos – Brasil – Biografia. 3. Compositores – Brasil – Biografia. 4. Música popular – Brasil – História e crítica. I. Levinson, Bruno, 1967-. II. Título.

14-08602 CDD: 927.8164
CDU: 929:78.067.26

GMT Editores Ltda.
Rua Voluntários da Pátria, 45 – Gr. 1.404
Botafogo – 22270-000 – Rio de Janeiro – RJ
Tel.: (21) 2538-4100 – Fax: (21) 2286-9244
E-mail: atendimento@esextante.com.br
www.sextante.com.br

Sumário

Prefácio,
por Paulo Lins

Se tem uma coisa que Marcelo Yuka sabe fazer bem é contar uma história.

Nunca um relato biográfico foi feito tão de peito aberto. Nada aqui neste escrito está fora do tom. As metáforas de tão exatas são como se não existissem numa leitura menos atenta. O texto é um romance.

Yuka começa sua narrativa pela infância em Campo Grande, zona leste do Rio de Janeiro, passa pelas maldades das crianças que brincavam nas ruas, pela rejeição do pessoal da escola e dos acadêmicos de toda sorte, até o primeiro contato com um instrumento musical e o sucesso de suas canções que embalaram a década de 1990 e estão aí até hoje. Uma vida de certa forma embaralhada com todos aqueles que viveram as letras de suas músicas.

Ele fala de quando criou O Rappa, da levada da batera, das relações familiares, do perfil de cada namorada, do seu grande amor, dos amigos, dos traíras, de quando o bicho pegou pra cima dele com os nove tiros que levou sem saber por que, da saída da banda depois de ir parar na cadeira de rodas e, sobretudo, de música.

Faz uma análise social dos últimos 40 anos, tendo como ponto de partida a sua vivência.

São lembranças de ruas, de quintais floridos, dos velhos conversando na esquina, das brincadeiras, da polícia de geração em geração. As mudanças no poder em uma cidade onde tudo iria aumentar, inclusive a violência, trouxeram consigo pelo menos uma coisa boa: o clamor por justiça social em quase todos os segmentos da sociedade. Yuka sempre quis mudar o Brasil.

A violência é um ato político na concepção dele. Em uma entrevista logo depois de alvejado, disse: "Esses tiros vieram de muito longe."

Quem está dando o tiro pode não ser a pessoa que aperta o gatilho; é muita gente atirando de vários lugares. A vida de cadeirante e as dores constantes que sente têm vários culpados que não se culpam e não param de matar, aleijar, destruindo também a vida dos amigos e da família.

A visão por dentro da música, a criação da banda F.UR.T.O., a política partidária, sua candidatura a vice-prefeito, sua incursão social nos presídios brasileiros, a relação com Marcinho VP, os verdadeiros amigos e o amor de mãe vão se revelando nestas páginas. Yuka faz uma grande análise sobre o tráfico de drogas, conta da relação com Herbert Vianna e com vários outros músicos, e ainda de sua amizade comigo, com a Kátia Lund e o Waly Salomão. Assim conhecemos o ser humano que colocou a arte como antídoto para todos os males.

Tudo nessa vida pode virar poesia que encante gerações, que corra através do tempo, que mude pessoas e o rumo da história. A arte é a mãe da sociedade, é cantando que se vai à luta para mudar a política nas ruas, nos sindicatos, nas associações, nos grupos culturais, na rapaziada que acha que todo mundo é igual.

Neste livro vemos um país duro, muito pouco solidário; pessoas com o ego à flor da pele, o lado ruim da fama, a embriaguez do sucesso, os derrotados pelo êxito. Mas nem tudo causa nojo; há lances do bem, como na vida de qualquer um. A narrativa tem suspense, revelações e muita poesia. Marcelo Yuka fez de sua história uma obra literária.

Eu me via explodindo

O dia era 9 de novembro de 2000. Não lembro que horas acordei. Passei a tarde em casa com o Lauro, o baixista d'O Rappa. De noite, tinha combinado de ir com o Ed Motta ao show do Max de Castro. Eu ia buscar o Ed e a mulher dele, Edna, e convidei o Lauro a nos acompanhar. Ele estava amarradão para ir, mas recebeu um telefonema em cima da hora e acabou desistindo. Salvou-se. Eu lembro que o meu irmão Renato tinha ido até a minha casa pegar meu carro emprestado. Poucas horas antes de mim, havia passado pela mesma rua em que eu seria alvejado, a José Higino.

Eu vivia uma época maravilhosa, cheio de planos e empolgado com tudo o que estava rolando. Fazia muitas coisas ao mesmo tempo. Estava feliz porque minha carreira começava a alçar voos para além d'O Rappa. O compromisso marcado para aquela noite era muito simbólico. Eu tinha acabado de fazer uma música com o Max, e eu, ele e o Ed estávamos empolgados com a ideia de compor a seis mãos.

Fazia pouco tempo que eu havia voltado da Europa – tínhamos ido fazer um show d'O Rappa por lá. Fui antes do restante da banda e voltei depois. Fiquei muito tempo viajando, sem parar um dia. Quando voltei para o Brasil, já emendamos em uma turnê com o Skank pelo Nordeste. Depois disso também não voltei para casa. Aluguei um bugre e viajei largado, curtindo. Ouvia praticamente só uma canção, do Jimi Tenor, com orquestra. Chama-se "Call of the Wild", como o romance de Jack London.

O importante é que eu estava extremamente feliz. Sabia que ia diminuir as tensões com O Rappa, porque a minha posição seria: "Vocês não querem mais as minhas canções? Beleza, tenho outro canal para me expressar." Com certeza isso iria melhorar as coisas. Não pensava em sair, mas em compor com outras pessoas, levar adiante outros projetos. A energia da minha felicidade, naquele momento, era também a possibilidade de construir uma nova relação com O Rappa.

Era o meu momento de ver o mundo, conhecer outras culturas. Eu tinha ido ao Marrocos e a Portugal. Também fiquei um tempo com o Manu Chao em Barcelona. A gente tinha desenvolvido uma amizade, e eu fiquei muito impressionado com a cidade. Meus planos eram retornar e ficar mais por lá. Eu ainda estava descobrindo toda uma cultura de rua, e isso me ligou muito ao Nordeste. Fotografei o grafite e muitas outras formas de arte de rua. Estava borbulhando dessa conexão entre o Norte da África, a influência dos mouros na Europa e o Nordeste do Brasil. Costumo engravidar de ideias. Estava então com nove meses, pronto para parir.

Lembro que estava sol. Olhava para a cidade e via um céu muito bonito. Eu e o Max já tínhamos composto "Os óculos escuros de Cartola" e havia aí uma nova possibilidade. Já tinha criado em parceria com outras pessoas de fora d'O Rappa, mas, com o Max e com o Ed, sentia que era para ser diferente. Eu estava me inteirando dessa afinidade musical que nós temos. Sabia que iríamos longe juntos.

Só tinha sido assaltado uma vez: eu era pequeno e uns caras de moto levaram um reloginho Casio. Nunca tive essa paranoia da violência, sempre confiei no meu propósito. De alguma maneira, ainda mantenho certa ingenuidade. Eu era bem-intencionado, fazia trabalhos sociais relevantes e nem passava pela minha cabeça que um cara assim pudesse sofrer com a violência. Por conta do projeto que eu realizava no Dona Marta e do meu encontro com Marcinho VP, dei início a uma pesquisa para entender o que eu chamo de "bandidagem". O que ocorre de fato? Como o "outro lado" pensa? Passei por situações tensas nesses lugares, mas nunca achei que pudesse acontecer alguma coisa comigo. Comigo, não! Nunca fui usuário de drogas, nunca aceitei favor de bandido. Eu entrava e saía do morro tranquilamente. Passava por barreiras policiais sem medo. Deixava o morro às três da manhã, entrava num carro caro para aqueles padrões e, mesmo que houvesse uma "dura" no pé do morro, saía sem problemas. Eu confiava tanto no meu propósito que achava que estava imune.

Quando chegou a hora de sair de casa para buscar o Ed e a Edna, botei uma camisa confortável, presente da Samantha, minha grande amiga, hoje casada com o produtor Mario Caldato, entrei no carro e liguei o som na mesma música. Mais uma vez estava ouvindo "Call of the Wild". Sozinho. Fui saindo, amarradão.

Quando ia a Paraty, costumava usar umas botas para andar nas pedras e poças. Eu gostava de pisar nas poças, e as botas me davam a sensação de que nada podia acontecer comigo. Tinha colocado pneus novos no carro, e eles me proporcionavam essa mesma sensação. Era até meio ruim, porque o carro fazia barulho e quicava muito. Mas os pneus me davam essa impressão de segurança, de poder. Eles podiam passar por qualquer terreno, encarar buracos e me levar a qualquer lugar! Eu tinha o maior orgulho deles. O carro podia ficar sujo, os pneus, não.

Fui descendo a ladeira como se estivesse andando de skate. Fui indo, curtindo muito o meu carro, os pneus, a música, meu momento, o fato de estar indo ao show do Max e a ideia de buscar o Ed. Passei pela pracinha e fui embora.

Acelerei e, no que virei para entrar na rua José Higino, pensei: "Caralho, mano!" Vi, lá na frente, um carro atravessado, praticamente fechando a passagem. Estavam rolando tiros. Ouvi vários pipocos! Vários! Fiquei chocado não só com o carro bloqueando a rua, mas com aqueles que ainda seguiam adiante, no meu fluxo, e passavam pelos tiros. Loucura! Eu fui o único alvejado, mas muitas outras pessoas também poderiam ter sido. Sorte delas. Eu parei. "Caralho, o que eu faço?", pensei comigo. Eu tinha acabado de virar a esquina e quis dar ré. Não sabia que havia outro carro com bandidos bem atrás de mim. Não tinha visto. Fui informado depois que iam assaltar uma moça que saía de uma garagem que estava em frente ao meu carro. Havia uma situação ali. Depois disseram que eu tentei salvar essa moça. Nada disso – eu estava tentando era *me* salvar. Não sou esse herói que quiseram pintar. Eu a salvei, sim, mas foi sem querer. Parei bem na frente do carro de onde vieram os tiros que me alvejaram. A bala que atingiu a minha coluna veio de trás. Eles devem ter se assustado com meu carro dando ré, uma picape Hilux, e desistiram do assalto. Passei a ser o foco. Largaram o dedo em cima de mim! Fui atingido na coluna e perdi a força. Meu carro deu um tranco e acabou batendo. Soube mais tarde que um dos caras saiu do carro da frente para me dar o "confere" final. Ele foi alvejado por alguém da rua, possivelmente um segurança local. Esse bandido foi o único encontrado morto, no porta-malas de uma Blazer preta.

Na hora, foi tudo muito rápido e sem sentido. Não foi uma tentativa de assalto nem nada. Não me pediram nada, não falaram nada. Foram só tiros. Até hoje não sei por que tantos – 22, dos quais nove me acertaram. O delegado Orlando Zaccone, meu amigo, acha que esse segurança da rua deve ter trocado tiros com eles, que, por sua vez, concluíram que os disparos tinham partido de mim. Então eles vieram para me assassinar.

Todo assalto começa com um anúncio: "Eu quero! Eu vou tomar isso de você, não tente nada." Mas não foi assim. Senti que a minha vida estava em risco. A minha reação de tentar dar marcha a ré pode ter sido em função disso. Porque, num assalto, você sabe o que eles querem e o que você tem que dar. Em uma tentativa de assassinato, não. Eu não tinha como dar o que eles queriam. A sensação foi: estão me matando.

Eu me lembro bem de tudo o que aconteceu. O primeiro tiro quebrando o vidro, meu braço esquerdo explodindo e um caco de osso no teto, com um pouco de nervo ou carne, não sei. A gente vê filmes com cenas de trocas de tiros: a bala sai de um lugar e vai para outro, o jogo de câmeras mostra o sentido que a bala percorreu, existe um cara atirando naquele outro. Só que para mim foi bem diferente. Minha visão não era como se as balas estivessem vindo de lá para cá – parecia que eu estava explodindo de dentro para fora. Eu me via explodindo.

Vai ser Marcelo

Nasci no último dia do ano, pouco depois das seis da tarde. Fui planejado. Assim que minha mãe contou que estava grávida, meu pai disse: "Ela está grávida do Marcelo!" Desde então, começaram a fazer roupas de criança. Em tudo estava bordado "Marcelo". Meu pai queria que fosse menino, e o nome já estava decidido.

Nasci numa casinha linda, que tinha lago, peixinhos e plantas. Lembro-me bem desse lago e da fachada da casa. Não foi onde passei a infância, mas não a esqueci. Fui até lá depois dos tiros. Parei um tempo, fiquei olhando. Tentei, mas não consegui ver o outro lado do muro. A casa estava fechada.

Minha tia mora no mesmo lugar até hoje: rua Vítor Alves. Ali eu vivi aquele subúrbio dos sonhos, que é a minha ideia de infância.

A geração dos meus pais foi a primeira do bairro a querer uma vida mais urbana. Antes, ou você tinha uma birosca, ou trabalhava com a enxada. Mas, naquele momento, aquela área de Campo Grande passou a ter outra opção de vida, além do campo e do comércio local: começou a virar uma cidade-dormitório, os pais saindo cedo para trabalhar e voltando para casa à noite.

No fim da tarde, as mulheres começavam a varrer a calçada, repetindo o que já haviam feito pela manhã. Depois se concentravam nos portões, botavam as cadeiras na calçada e ficavam de papo, vendo as crianças brincando na rua. Era uma forma de receber os maridos que voltavam do trabalho. Eu via essa ciranda e adorava: a chegada dos pais. Não para mim, que só ia vê-los às dez da noite. Mas a maioria sentia essa energia, o que acabava juntando todo mundo.

Eu me ressentia um pouco com essa história de os meus pais não chegarem no fim da tarde. Principalmente o meu pai. Não era tão ruim no caso da minha mãe, porque, como era professora, muitas vezes eu estudava no mesmo colégio em que ela trabalhava – de alguma forma, permanecia sob seus cuidados e orientação. Mais duro para mim era a ausência física do meu pai. Mas o importante é que nunca senti o vazio da falta de amor. Lembro-me do ritual da chegada dos trabalhadores, as conversas nos portões, as mulheres varrendo, conversando, e as crianças brincando na calçada, como algo épico. Foi uma das primeiras noções que tive de comunidade, uma das primeiras vezes que experimentei esse orgulho do comum, de comungar o espaço público.

Por mais que a gente não tivesse grana, aquele foi um bom lugar para ter nascido. Ficava numa área que parecia um bairro fechado. Todos os vizinhos se conheciam. Vejo fotos dos meus pais naquela época, e eles sempre me passam a impressão de um casal com muita confiança no futuro: sem medo e felizes por estarem iniciando uma família. Quando nasci, eles já estavam juntos havia pelo menos uns dois anos.

Meus pais se conheceram por intermédio de amigos próximos. Nessa época, na comunidade em que viviam, o máximo para a mulher era ser normalista. Estudar significava ter que sair de Campo Grande rumo ao centro da cidade, fazer uma prova de admissão e pegar trem. Era uma coisa de poder feminino. A garota, com 15 anos, tinha que adquirir autonomia para andar sozinha. As normalistas vinham todas no mesmo vagão do trem – e os homens interessados nelas, também.

Os dois eram professores. Na minha infância, cada um tinha dois empregos. No ano em que nasci, 1965, meu pai ainda não tinha completado nem o antigo primário. Em cinco anos, tornou-se professor. Teve que fazer um esforço enorme. Havia o que era conhecido como "Artigo 99", um tipo de supletivo para adultos, que permitia estudar à noite, levar apostilas para casa e depois fazer as provas. Ele sempre teve muita determinação, uma vontade enorme. Meu avô achava que, se ele trabalhasse para a prefeitura capinando, já seria o máximo.

A minha família paterna era muito mais pobre que a materna. Meu pai demorou a morar em uma casa de tijolos, por exemplo. Mas ele tinha interesse em aprender, além da vaidade. Ele adora contar uma história que me lembra um pouco a mim mesmo. Meu avô tinha um amigo chamado Chico Cacareco, que trabalhava catando lixo. Tudo o que achava de interessante levava para casa – inclusive livros. A questão é que ele era analfabeto. Tinha pilhas de livros e discos. E, mesmo analfabeto, sempre que podia aumentava sua biblioteca. Chico Cacareco fortalecia no meu pai esse desejo de saber sempre mais. Acho que é por isso que gosta tanto da história.

Vivi algo parecido, essa vontade de superar uma espécie de quadro desfavorável, uma adversidade, por conta de uma árvore que ficava atrás da casa da minha tia. Era um pé de fícus, em que não é muito difícil subir. Eu tinha uns 5 anos e sempre fui o mais atirado. Subi no primeiro galho, fui indo, indo, e pude ver o meu bairro de cima. Vi o horizonte. Olhava aquelas pipas no final da tarde e me perguntava o que havia depois delas. Queria ir para lá, saber o que existia bem longe. Eu tinha algo assim como um tédio infantil. Achava chata aquela área que delimitavam para mim. Ver todo mundo escutando jogo no rádio de pilha aos domingos me dava um tédio fodido. Como é que podiam gostar tanto daquilo? Só fui curtir futebol mais tarde.

Os amigos do meu pai eram os mais descolados daquela comunidade, e a afinidade se dava muito pela leitura. Ele podia não ter informação, mas sentia necessidade de mudar. Tinha até amigos que iam estudar medicina. A vaidade dele era usar a melhor roupa e transmitir conhecimento, sabedoria. Ele queria mostrar que era de outro nível social. Durante muito tempo, só o julguei pela vaidade. Hoje percebo que ele tinha uma necessidade de se inserir no mundo, de ser contemporâneo. Lia Sartre, ouvia Beatles – o que foi revolucionário para ele –, consumia Cinema Novo, filmes franceses e bossa nova. Ambicionava fazer parte de tudo isso. A roupa não era só uma questão estética – era principalmente comportamental. A geração dele foi a primeira a entender que a moda era uma forma de expressão. Ele também queria se vestir bem, usar algo que o representasse como era por dentro.

Meu pai e meu padrinho, Enéas, contam que chegavam a ter diarreia pelo nervosismo de buscar uma nova vida. Eles já sabiam onde estavam os banheiros mais limpos, o papel mais macio e o sabão mais cheiroso. Na mesma época, também frequentavam os bailes do Clube dos Aliados, em Campo Grande. Essa fricção social impulsionou meu pai. Sou fruto dessa tentativa de se libertar das rédeas sociais. Se ele não tivesse dado esse salto, eu também não poderia dar os saltos que dei. Hoje, é muito importante me ver como consequência de algo que, na minha ignorância, em algum momento julguei "menor".

Acho que me desenvolvi procurando ser uma contrapartida da vaidade que via no meu pai. Como todo filho saudável, não queria repetir o modelo dele. Isso não tirou a ideia de ter meu ego, um ego grande. Por outro lado, me proporcionou um sentido de que a educação serve para controlar esse monstro interior. De alguma forma, consigo conviver bem com esse monstro, sem que ele agrida os outros ou interfira no meu trabalho.

Essa energia de reverter o contexto difícil foi um trampolim para o meu pai. A maneira como externava essas mudanças algumas vezes me parecia vulgar e me dava medo. Como qualquer remédio, se ministrado em excesso, vira veneno. Até porque chegou um momento da adolescência em que quis ser aceito e não fui. E quis ser aceito pela roupinha certa, pelo valor material. Isso me causou depressão, porque eu não era mesmo "aceitável".

Rumei então para o outro lado. Tive um amigo, o Magoo, que foi muito importante. Ele sacava de música, foi o primeiro cara que vi usar um walkman. Foi ele quem me falou: "Nós somos feios, cara, e não sabemos nem jogar esporte com bola. Então desista. Não adianta você comprar uma camisa descolada, isso não vai fazer você ser aceito." Entendi, e passei para o outro lado. O

Magoo dizia que esse “deslocamento” entre o que éramos e o que queríamos ser estava nos doendo na idade exata, a adolescência. Ele achava triste ver o pai, com mais de 50 anos, vivendo isso. O Magoo chamava este sentimento de “perrengue”.

Ter sido uma criança com essas percepções me fez colher coisas boas, mas também teve um efeito colateral. Sou um cara com baixa autoestima.

Meu avô materno era muito severo e conhecido no bairro como brigão, o que marcou a personalidade da minha mãe e da minha tia. O cara era hábil no cavalo, ganhava corrida, já que teve fazenda a vida toda. Era proprietário de mais de um imóvel, tinha um comércio próprio. Além disso, possuía um senso de justiça meio agressivo. Na casa ao lado morava um homem que batia na mulher. Uma vez minha mãe e minha tia ouviram um barulho e souberam que ele estava batendo na mulher. Meu avô não se conteve e partiu para o enfrentamento: “Não tenho nada a ver com o que você faz aí dentro, mas, se as minhas filhas ouvirem um homem batendo na mulher mais uma vez, eu vou dar uma surra em você.” Aconteceu. Resultado: ele entrou e deu um pau no cara.

Ele era bom na porrada e muito sério. Não usava arma, nem sequer era forte. Naquele tempo, arma não era popular, mas ele tinha o tal senso de justiça. Um dia, um bêbado mexeu com a minha mãe e meu avô bateu no sujeito. Era tudo na porrada. Ele começou a ser visto com o maior respeito no local porque não tinha envolvimento com o crime. Era correto, mas sem muita paciência.

Teve muita resistência em aceitar meu pai. Meu avô paterno tocava pandeiro, engraxava a linha do bonde, gostava muito de mulheres e álcool. Era um *bon vivant*. O pai da minha mãe achava tudo isso uma merda: "Com essa origem, não vai ter nada de bom para a minha filha." Quando ela anunciou que estava namorando, ele ficou puto. E, quando comunicou que ia ficar noiva, os dois começaram a discutir e ele acabou jogando uma caneca nela. Meu pai enfrentou esse "apartheid econômico". Todo mundo gostava dele, menos o meu avô. Ele via a filha formada no curso normal, com um futuro pela frente, e ficava preocupado, pois meu pai não poderia dar a ela um bom futuro. O tempo foi passando e ele testemunhou a luta do meu pai para progredir. Quando meu pai entrou na faculdade, foi uma redenção. No final da vida do meu avô, eles acabaram ficando amigos. Meu avô tinha asma, e muitas vezes era meu pai quem o levava ao hospital.

A convivência com meu avô materno era muito legal. Havia apenas a sombra do cigarro. Ele fumava muito, teve um enfisema pulmonar e acabou morrendo disso. Optou pelo cigarro e morreu convicto. Quando eu falava que era neto do Inácio, tudo mudava. Mesmo com ele já muito debilitado, as pessoas mantinham o respeito: "O Seu Inácio!"

Ele também tinha uma percepção de que afilhado é quase filho. Criou vários. Mamãe e, principalmente, minha tia também. Havia sempre uma criança criada pela minha mãe ou pela minha tia. Foi bom, porque podia ser preto, pobre, não tinha essa. Por conta disso, mantive durante muito tempo a ingenuidade de que não havia discriminação ou preconceito social ou racial. Quando eu era garoto, a única diferença que percebia entre um negro e eu era que as mulheres esticavam o cabelo com ferro quente, e isso produzia um cheiro muito forte. Elas passavam henê, alisavam, ficavam horas nessa função. Eu não gostava daquele cheiro e não entendia o porquê daquilo tudo.

Só via meus pais e meus tios – ocupados com seus dois empregos – depois das dez da noite ou no fim de semana. A menina que tomava conta da gente era de uma família que morava na nossa rua. Suas irmãs e seus irmãos também ajudavam. Eu e meus oito primos tínhamos idades próximas às das crianças da família da menina. Fomos, então, criados como um núcleo só. Meu irmão Renato tem cinco anos a menos do que eu. Paulinho, que é cinco anos mais velho, foi um dos afilhados do meu avô que acabou morando com a gente. Ele tinha família, mas era tratado como filho do meu avô lá em casa. Sempre o chamei de primo, e é como se fosse. E "ser como se fosse" é mais do que ser de fato. Sobretudo num país como o Brasil, onde tem até o queijo "tipo Roquefort", que só existe aqui! Tem tanto *tipo* que até a Fiat fez um carro chamado Tipo. Eu tive uma namorada americana que achava isso o máximo, dizia que a gente institucionalizou o "ser o que não é". É tipo.

Meu pai sempre foi um puta jogador de futebol, coisa que não herdei. Acho que isso o deixou frustrado, e ele não conseguia brincar comigo de outras coisas. O que fazia era me presentear com brinquedos na medida de suas possibilidades. Eu adorava carrinhos, o que me levava a lançar mão de pedaços de tijolo e fingir que eram carros. Também gostava de desenhar. Ficava horas a fio deitado e via na parede pontos irregulares que formavam figuras, como costumamos fazer com as nuvens. Eu desenhava essas figuras na própria parede. Nunca fui muito de jogos ou esporte. Eu me amarrava em pipa, mas também era péssimo nisso. Gostava mais para fazer parte da turma. Em todas as brincadeiras, eu sempre era o pior.

Minha habilidade motora é desgraçadamente ruim. Não sei se por falta de interesse, já que eu vivia no mundo da lua, meio abestado. Por falta de tentativa, nunca foi. Meu pai era foda com o pião, já eu não tinha habilidade com pião nem com porra nenhuma. Meu pai me dava uma bola e eu a usava como boia. Sempre gostei do mar, de nadar, mergulhar, pescar, pegar onda.

Eu ainda era bem novo quando meu pai cursou a faculdade de História. Um dia, ele chegou com um projeto, um trabalho encadernado. Era como um livro que tinha escrito: impactante, colorido e com figuras. Estava repleto de palavras e assuntos que eu não conhecia. O conhecimento estava ali, materializado naquele papel, encadernado. E foi como se eu tivesse acesso àquilo. Eu podia tocar e experimentar a textura do novo conhecimento, as conquistas do meu pai. A partir de então comecei a ter mais respeito pelo saber e passei a entender que isso era muito importante para ele.

Outsider

Moldei grande parte da minha personalidade na infância. Tenho muitos amigos da adolescência e, quando olho para o passado, vejo que a construção do homem que sou agora se deu na infância, e não na adolescência.

No grupo dos meus primos, eu não era o mais forte nem o mais corajoso. Mas era como a história do fícus que eu escalava: se botasse uma coisa na cabeça, ia fazer. Essa determinação era uma das únicas virtudes que eu tinha, embora não ter tanta coragem também possa ser bom; o medo ajuda a se precaver. Eu era tímido para expressar o humor que já estava dentro de mim e, à medida que a timidez diminuía, o humor ocupava seu espaço. Foi algo que me ajudou. Eu tinha poucos amigos, e a descoberta do humor foi decisiva.

É dessa época – e graças ao Paulinho – minha primeira referência mais próxima de cultura pop. Ele me trouxe a noção do valor do subúrbio, a ideia do rock. Meu primo era pequeno, magro para caralho, mas era quem queria ser. Sempre foi assim. Mesmo sem grana, ele dava um jeito: construía umas bicicletas, uns carrinhos de rolimã.

Fazia um lance que era foda: saíamos para ir ao centro de Campo Grande e, nas lojas de eletrodomésticos, ele botava soul e funk nos aparelhos. Unia-se a uns dois ou três e eles ficavam lá, na porta da loja, dançando tipo James Brown. Juntava uma porrada de gente para ver. Eu de lado, morrendo de vergonha, e ele lá, amarradão. Naquele tempo, ninguém tinha som alto em casa. Os vendedores davam corda, porque era bom para mostrar a potência do som.

Paulinho foi protagonista de muitas histórias. Houve um festival de rock em Saquarema, e ele foi com um amigo. Usava uma camiseta Hering que ele mesmo tinha pintado, uma calça do Exército extremamente larga, mais apertada na boca, chinelo (na época, só existia chinelo Havaianas branco, mas, como a sola era colorida, a gente virava e remontava para ter cor) e uma mochilinha. Enquanto isso, eu me preocupava: "Onde ele vai dormir?" Paulinho não tinha a menor ideia e nem ligava para isso. Eu pensava: "O cara não tem nada! Vai dormir no tempo! Que lugar é esse a que ele vai e em que se propõe a estar feliz sem ter nada? Como pode estar feliz assim?" Para mim, até então, felicidade era casa, lar, amigos, comida. Isso me despertou: o cara acreditava em uma coisa e vivia em função dela. E que coisa era essa? Era a música, o rock. Foi a primeira vez que vi a música como algo transgressor, como contracultura, comportamento. Ainda sem saber direito, era a atitude dele que eu admirava mais do que tudo. A música funcionava como um ponto de encontro, de comunhão. Ele estava radiante de passar esse perrengue. De minha parte, entendia que esse negócio devia ser mesmo muito bom para ele topar tudo.

Isso já foi na época em que o Paulinho era cocota. Na história de bailes do subúrbio, existia a divisão entre os *brown* e os *cocotas*. Os brown eram os que seguiam James Brown, e os cocotas ouviam rock e adotavam um visual meio Califórnia. Em muitos bailes, dava até briga. Paulinho chegou a ser brown, mas depois virou cocota.

O movimento brown representava a primeira vez em que se assumia a negritude. E esse era o caminho. O primeiro momento em que me expus numa manifestação artística foi cantando uma música do Simonal. Para isso, eu tinha que colocar uma faixa na cabeça, como ele costumava fazer. Era um símbolo de negritude, uma coisa que estava sendo construída ali e que tinha muito a ver com a dança e com o ritmo.

Havia também a cultura hippie, com a transgressão e a droga. O rock propriamente dito me assustava. Quando Paulinho botava um rock, Led Zeppelin, eu ouvia aquele cara gritando... "Como é que pode gritar assim?", eu pensava. "Isso é coisa do mal!" Já o funk era totalmente ritmado. Só comecei a ouvir rock por volta dos 17 anos, e mesmo assim era um rock que tinha que ter ritmo. Tanto que a banda de rock mais importante para mim é The Clash. Quando ouvi o Clash pela primeira vez não gostei ou melhor, odiei! Isso porque o primeiro disco que escutei era o mais rock. Foi o último com a formação original. Com 20 anos é que fui mesmo perceber: "Será que essa banda é capaz de tocar tudo?" Isso me abriu o mundo. Antes não conseguia entender, não me chegava.

Na infância, tive outro grande amigo, o Marcos Fernando. Ele era meio diferente: a família tinha grana e morava em um sítio. Seus brinquedos eram especiais e ele gostava de outras atividades. Eu tinha pouco contato com esse garoto, ainda que muito intenso. Ele era mais protegido pela família do que meus outros amigos. Brincar com ele significava ir à casa dele, onde os hábitos eram diferentes. Era raro eu passar um dia na casa de alguém, exceto na dele.

Os amigos, mesmo que poucos, eram um descanso da minha vida tumultuada na escola. Minha alfabetização foi traumática. Achava que, por minha mãe ser professora, teria regalias e mais liberdade. Foi o contrário: "Vai ser o exemplo." Ela era muito severa. Eu e meu irmão sofríamos, em especial nos ditados. Ela chegou a fazer menção de nos bater com o chinelo – uma das poucas vezes em que nos ameaçou fisicamente. Temos dificuldade de escrever certo até hoje, por trauma.

Todos lá em casa entravam no colégio antes do habitual. Fiz a primeira série com 6 anos. Foi um pedido dos meus pais à escola, porque eles não tinham onde nos deixar. Aprendi a ler e escrever muito cedo. Mas só na faculdade saquei a importância de ler como forma de defesa. No ginásio, me obrigaram a ler *Dom Casmurro* e não gostei. Eram dois ou três livros por ano e depois uma prova. Até hoje não li Machado de Assis, mesmo sabendo que é importante – fiquei com esse trauma da escola. Eu e um monte de gente! Deveriam indicar outros livros para alunos tão jovens.

Aos 16, comecei a ter acesso a textos de sociologia e antropologia. Na primeira vez, não entendi nada – nem o português, porque era uma linguagem acadêmica. Não tinha ideia do que Umberto Eco estava falando. Até mergulhar nesses textos. Não era obrigação nem algo para o futuro. Era para o meu presente. Foi uma evolução. Aprendi a tirar proveito da leitura. Mantive, em sacos amarrados, os textos que xerocava. Precisava tê-los fisicamente.

Faço o mesmo com os livros. Mesmo tendo lido boa parte dos que tenho, prefiro mantê-los por perto, saber que, em uma madrugada, podem ser uma referência e vão estar lá. Ler foi libertador. A leitura pode ser amiga e companheira. Ela mudou até minha maneira de falar. Tomava uma dura da polícia e percebia que o guarda me respeitava mais por eu ter outra forma de me expressar. Isso garantia – literalmente – minha libertação.

Fui botando em prática o que os textos me ensinavam. Lia Nietzsche e Baudelaire, que têm, em geral, uma visão cruel da humanidade. Eles me confortavam. Estava meio deprimido, então lia autores de acordo com o que eu sentia e que, apesar do desconforto que causavam, não tinham um mau entendimento da vida. Era uma sensação ótima constatar que eu não estava sozinho – um sujeito, um século atrás, tinha questionado as mesmas coisas que eu sentia no meu dia a dia.

Errados estavam os outros! Achei *O capital* chato para caralho, mas percebi que ganhar dinheiro dessa maneira que conhecíamos não era a única opção. Pensar sobre isso, entender que existiam formas diferentes de viver, era mais uma vez libertador. Nunca acreditei que o comunismo ou o socialismo fossem uma opção. Apenas sabia que esse capitalismo que a gente vive, esse sistema econômico, não é o ideal. Esses questionamentos não eram partilhados por meus amigos. Suas ambições se limitavam a trabalhar para comprar um carro, juntar grana e ter uma mulher gostosa com cabelo pintado de louro. O sentido era esse.

Com os livros, me dei conta de que não tinha que seguir assim. Desde a infância sofria com a diferença brutal de atitudes e por me sentir diferente. Ninguém havia me falado que o pobre tinha menos poder, que o preto tinha menos força na sociedade, que o pobre tinha que trabalhar mais para o rico ganhar mais. Ninguém tinha me falado, a não ser os livros. Os livros e a rua. Ninguém havia me explicado por que o preto é visto de uma forma diferente. Tudo isso me chocou no momento em que eu construía os meus valores. Em casa, tinha um sentimento de culpa enorme – que trago até hoje – porque meus brinquedos eram melhores (meus tios tinham seis filhos, e meus pais, apenas dois).

Sou inábil com dinheiro. Mas, em razão dos tiros, aproveitei o distanciamento: fiquei mais de dois anos sem segurar uma cédula de dinheiro, totalmente fora desse contato. O que vivi na infância – desde a árvore no fundo do quintal até a diferença nos brinquedos, a falta de talento com os jogos de rua e a timidez – me ronda ainda mais. Felizmente consigo colocar tudo isso no meu trabalho.

Todos os brinquedos que ganhava viravam objetos para batucar. Eu batucava em todo canto. Se me dessem um trenzinho, pegava duas colheres de pau e ia bater nele. Sempre vestido com uma capa – era a minha coisa de super-herói. E tinha também a imagem dos Beatles com umas capas. Para mim, eles eram meio super-heróis, não eram pessoas de verdade. Quando batucava, eu era um herói. No colégio, o mais importante era batucar na carteira. Na adolescência, tinha um cara, o Severino, que batucava para caralho e tirava uns solos de bateria. Virou meu ídolo!

A descoberta do ritmo foi sensacional, ler foi libertador, mas ainda mais libertador foi escrever. Escrever de verdade!

Antes um pouco, eu desenhava. Mostrei habilidade desde cedo. Como meu pai desenhava muito bem, aquilo me intimidava. Mas ele gostava dos meus desenhos e queria mostrá-los para as pessoas – uma exposição que eu detestava. Já a escrita veio na adolescência, quando eu me expressava de verdade, e não somente escrevia. Aquilo virava um pedacinho de papel no fundo da gaveta. Ninguém via. Eu não correria o risco de ser exposto, como acontecia com os desenhos.

No início, eram uns textos meio deprimidos, sobre essa falta de encaixe. Não tinha noção política nem poética. Eram umas coisas estilo Renato Russo, umas poesias tipo a canção "Índios". Tanto que, quando essa música apareceu, eu senti que poderia ter sido o autor! Não seria tão bem-feita quanto a que o Renato fez, mas teria o mesmo sentimento. Nunca escrevi diário nem poesia romântica. Não que não me doesse, já que sempre fui romântico para caramba, mas era algo mais profundo. Antes de pensar por que a mulher que eu amava não gostava de mim, refletia sobre o desajuste de não ser notado pelo que eu era, de não estar dentro da fórmula. Escrevia que ela não gostava de mim porque eu era um outsider. Na época eu nem sabia que era esse o nome, mas era assim que me via: um outsider. Até hoje me vejo assim.

Faz parte da minha construção, das minhas preocupações, questionar mais a razão de não ser aceito do que a falta de aceitação propriamente. Quando comecei a escrever, não sabia que isso poderia virar poesia ou uma canção. Era botar os bichos para fora, buscar um conforto e amenizar a minha dor. Eu já percebia que o mundo era cruel. O que me doía não era só o que era íntimo, como a rejeição de uma mulher.

Um episódio com um amigo, o Tuscula, marca bem isso. Quando tínhamos uns 16 anos – eu já me achava homem feito –, Tuscula era alto, forte e jogava vôlei para caralho. Combinamos de jogar de noite, umas nove horas. A bola de vôlei era de uma menina portuguesa e precisávamos ir à casa dela para pedir emprestada.

Eu estava armando a rede e falei: "Tuscula, vai lá pedir a bola." Ele se negou a ir. Insisti, e ele respondeu: "Acho que não dá para ir. São nove horas da noite." E eu: "Com certeza ela ainda está acordada. Está na hora da novela. Por que você não vai?" Aí ele se abriu: "Porque já pensou chegar um negão na casa deles numa hora dessas? Eles são portugueses, tudo lourinho." Eu não entendi, e ele continuou: "Se você chegar lá, é uma coisa; se eu chegar, é outra." Foi mais uma das vezes em que percebi como eu era despreparado para a vida real. Fui lá e disse: "Eu fico aqui e você vai tocar a campainha." As casas eram todas sem muro, formato americano. Ele tocou a campainha e a menina abriu. "Dá para emprestar a bola para a gente?" E ela: "Só um instantinho..." Foi lá dentro e entregou a bola. Não teve nenhuma reação preconceituosa. Ele é que já tinha esse sentimento de inferioridade enraizado.

Tempos depois, quando eu estava começando a faculdade, já de volta ao Rio depois de morar em Angra, foi que me dei conta: "Isso existe!" E essa percepção fatalmente vira recheio de papel, e esse papel vira recheio de gaveta. Doía demais a certeza de estar despreparado para a vida. Passou a ser um dos meus temas favoritos. Só não sabia que esse recheio de gaveta falava não só sobre mim, mas sobre a sociedade como um todo. Isso eu fui percebendo aos poucos.

"Sua música mudou a minha vida!"

A primeira pessoa a quem mostrei algo que tinha escrito foi uma namorada, a Renata. Eu era o oposto dela. Antes de mim, ela namorava um amigo meu, que jogava vôlei, era bonito e era bom em tudo o que fazia. Ela era uma garota bonita também, que poderia até fazer o tipo patricinha, mas tinha algo mais. Não era fútil. Ela via em mim uma possibilidade diferente e, por isso, fiquei tranquilo de mostrar a ela o que eu escrevia. Em algum momento, a gente construiu uma amizade muito grande. Então, quando fui tocar na banda KMD-5 e escrevia algumas letras de música, mostrei a ela meus escritos.

Era uma banda criada na Baixada Fluminense. Quando cheguei àquela realidade, desmoronei ao constatar a situação das pessoas. Entrava chorando no ônibus para voltar para casa. Certa vez, perguntei a um garoto que tocava percussão lá com a gente, ao ver um monte de lixo: "Não tem lixeiro aqui?" E ele me respondeu: "Faz anos que não."

Nunca tive nada parecido com alguma epifania que tenha me feito dar mais valor ao que escrevia ou achar que eu tinha a missão de escrever. Nada disso. Foi só n'O Rappa que isso virou endêmico e ecoa até hoje. Mas n'O Rappa acabei massacrado pelo fato de fazer muitas músicas – o autor das letras tem 50% dos direitos autorais. Eles queriam, principalmente o Falcão, dividir tudo igual. Eu não podia compactuar com isso já que, de fato, era eu quem escrevia. Na hora em que me tornei alvo pela repercussão das letras, quando era para me afirmar no ambiente de trabalho, aquilo se tornou um problema. Escrever era um problema! Com a minha baixa autoestima, percebo que, de alguma maneira, todas as vezes que tive um talento valorizado, isso magoou alguém. Então acabei me boicotando de alguma forma.

O Rappa amplificou o meu texto e isso me castigou para caralho. Não foi prazeroso. Nunca quis me valorizar por achar que tinha mais gente me escutando. Tocar, para mim, é mostrar as minhas composições. Nunca tive prazer em tocar o que não fosse meu. E havia a timidez. Nunca chamei, nem vou chamar, amigo meu para me ver tocar ou escutar minhas músicas. Sou tão mal resolvido com isso que, se chamasse algum amigo para me ver, seria como se falasse: "Vai lá ver como eu sou foda, como o meu trabalho está foda."

Não me acho bom o suficiente para pensar que vale a pena alguém me ver, mesmo tendo relatos emocionantes do que acontece no meu dia a dia, quando endossam que tenho uma certa habilidade de comunicação. Um dia, um garoto postou na internet um vídeo de voz e violão em que ele tocava, no quarto, uma música que fiz no F.UR.T.O. É a canção mais pessoal do disco, chamada "Caio para dentro de mim". O moleque cantava com tanta propriedade que parecia que a música era dele. Fiquei tão emocionado que vi o vídeo chorando o tempo todo. Foi ainda mais marcante pelo fato de o disco não ter acontecido. Bem diferente dos grandes sucessos d'O Rappa. Começou em um pedaço de papel, uma história que só dizia respeito a mim. Como isso passa a ser a realidade de uma pessoa? Uma vez, uma garota grávida me parou em Porto Alegre e falou: "Eu era viciada em cocaína. Ouvindo a sua música, parei, conheci meu marido e hoje estou assim." Transcendeu. Deixou de ser sobre a minha vida ou o meu ponto de vista.

No começo, acho que é aquilo do fã com o mito, do fã procurando algum pretexto para falar com o ídolo. Então tenho certo desdém. Agradeço do fundo da minha alma, mas não levo muito a sério. E eu, como mito, fiquei maior, fui impulsionado pela tragédia. Hoje tenho a tragédia impressa na minha imagem. Me vejo um pouco como na construção do mito grego, que tem a história de um homem, do que ele fez para ser notado, e depois vem a desgraça, para que exista a superação. A tragédia, de alguma forma, também se confunde com a minha obra. Antes e depois dela. Tenho todos os quesitos de um mito. Mas ainda não acredito que possa ser relevante para alguém além de mim mesmo.

Certa vez, fiz uma palestra num CEU, um tipo de Ciep de São Paulo. Era uma comunidade realmente pobre, onde havia umas crianças desnutridas – assim parecia. Faltava alimentação para aquelas crianças em plena capital do estado mais rico do país! Três caras, todos um pouco mais velhos, vieram até mim. Um deles falou: "Te acompanho desde O Rappa e fui ao show do F.UR.T.O." Agradeci, e ele continuou: "Queria falar que a sua música mudou a minha vida!" Fiquei meio sem jeito e ele prosseguiu: "Mudou mesmo. Eu aprendi a pensar ouvindo as suas músicas." Ele foi me colocando contra a parede, como se eu realmente tivesse sido responsável por alguma mudança. "Meu irmão, foi você quem se interessou, você que teve a sensibilidade para escutar a música dessa forma." Ele me interrompeu: "Quer saber por quê? Porque não é uma coisa direta. Nas suas letras, a gente tem que entrar, e por isso tem a poesia. Isso me fez pensar." Em seguida, me apresentou aos seus amigos: "Esses são amigos meus de infância. A gente ouvia e pensava junto. E, não por coincidência, somos os únicos na região toda que estamos fazendo faculdade. Faculdade pública!" Ele continuou falando com muito orgulho até eu ter que ir embora. Entrei no carro e tive uma crise de choro: minha música o fizera pensar. Quantos artistas podem experimentar essa sensação? Sem querer ser caricatura de mim mesmo, vivo isso quase diariamente. Mesmo assim, ainda convivo com a minha baixa autoestima.

Até hoje, por mais que ocorram essas confirmações da minha capacidade de me comunicar, continuo, de alguma maneira, me punindo. Não consigo tratar essa dificuldade em receber. Me acostumei a ser aquele que dá.

Como posso seguir assim se a vida me coloca nesta situação de imobilidade?

Se quiser me deslocar para a poltrona agora, vou ter que receber ajuda. Como conviver com isso? Tenho dificuldade em receber amor, cuidados e também reconhecimento. Não me acho merecedor de nada. Tenho até teorias. Por exemplo: a gente tem uma poesia de alto nível na música brasileira e muita gente diz que eu fui um dos melhores dos anos 1990. Fui porque era bom ou porque o nível era ruim? Não consigo me comparar – nem a minha geração – a compositores como Caetano, Gil, Gonzaguinha, Chico Buarque, Paulinho da Viola. Se fizerem um livro com as letras de música dos anos 1960 e 1970, quem tiver acesso a ele poderá dizer que não se trata de canções, mas de poesia de alto nível. O Gonzaguinha é de fazer chorar. Caetano dessa época é foda! Eu me alimento deles, são referências para mim. Minha geração pode ter dado um salto de qualidade do ponto de vista da sonoridade e da atitude, mas não poeticamente. Estou convencido disso. Existem estudos da musicalidade dos anos 1990, mas pouca gente fala sobre o que foi a poética desse período. Tivemos muito mais impacto pela sonoridade e por trazer a imagem de um Brasil urbano novo. Sabíamos o que dizer e falávamos mais do que só pelas palavras.

Tudo o que fez parte da minha infância, da forma como vivi, vi e refleti sobre os fatos – sendo eles verdades ou não, fantasias de criança ou não –, foi o que me fez chegar até aqui, com a forma de pensar que tenho hoje. Ainda era pequeno quando soube que minha mãe havia perdido dois bebês prematuros (ambos meninas). Não sei por quê, mas sempre achei que isso houvesse acontecido antes do meu nascimento. Tinha, então, essa dor de que as meninas não vingaram por falta de grana. Na realidade, soube mais tarde, o útero da minha mãe era pequeno. O engano foi determinante para o que me tornei. Hoje não faz diferença saber que elas vieram depois de mim. Acreditei por anos que elas morreram pela falta de grana dos meus pais, enquanto eu fui tão querido e desejado. Vim para ser *o* Marcelo. E aqui estou.

Nasce o Lombriga

Na pré-adolescência, vivi minha primeira mudança radical. Meu pai começou a trabalhar em Furnas, em Angra dos Reis, por conta da construção da usina nuclear. De garoto suburbano, passei a garoto de praia – o prazer de pegar onda também foi libertador.

No início, não havia vaga na vila operária, em Mambucaba. Então fomos morar em Angra dos Reis, mas, como íamos acabar na vila, fui matriculado na escola de lá, que ficava a uns 40 quilômetros da cidade. Passou-se um ano e nem eu nem meu irmão conseguimos fazer um amigo sequer na rua. Ficávamos basicamente presos em casa. Tínhamos três discos: *The Dark Side of the Moon*, do Pink Floyd; um do Jorge Ben Jor e a trilha internacional da novela *Locomotivas*. Eu ouvia música o tempo todo. O disco da novela me marcou tanto que uma faixa que usava uns sintetizadores está até hoje na minha cabeça.

Íamos para a escola no ônibus dos professores. As únicas crianças éramos eu e meu irmão. Eu tinha 11 anos e, entre meus professores, o mais novo estava na faixa dos 25. Fiz amizade com gente mais velha e passei a me interessar por aquilo que eles conversavam. A escola era pública, em frente à praia. Um colégio público não era novidade para mim, mas em frente à praia... Pirei! Ali comecei a ter um senso de humor desgraçado e a tocar o rebu na sala de aula. Deixei de ser o Marcelo. Ganhei o apelido de "Lombriga". Libertei--me do Marcelo dos pais e comecei a ter uma personalidade. Foi o momento da troca da timidez pelo senso de humor, característica marcante que vem do meu pai: antes de você me derrubar, eu já me derrubo sozinho. As piadas eram todas autodepreciativas, sempre se referindo ao anti-herói, ao outsider, ao perdedor.

Isso se mostrou útil anos depois, aos 16 anos, quando me instalei em uma república no Rio. Os outros moradores tinham 20 e tantos anos. Todo mundo me sacaneava, eu era o palha da galera. Mas, com esse humor que aprendi com meu pai, acabava comigo muito antes deles. Como alguém vai zoar um defeito meu se já fui o primeiro a fazê-lo? Funcionava até com as mulheres. Ficava parecendo que eu era um cara seguro, com personalidade. Mal sabiam que era tudo uma estratégia de defesa. O Lombriga começou a encontrar um espaço social melhor do que o destinado ao Marcelo. Eu era o meu anti-herói.

Nessa época, tinha poucas referências. Meus amigos é que eram os fodões. E ser fodão, para mim, era ser aquele que faz merda e mais merda e mais merda. Meu herói supremo era o Careca, o único que raspava a cabeça. Ele vivia na vila porque a mãe tinha o direito de explorar um bar no pequeno centro comercial do lugar. E, no bar, ele via os podres de todo mundo. Vivia no mundo dele, bem-humorado, sem precisar de ninguém. Foi quem me mostrou a contracultura, quem me falou: "Você é feio, e os feios têm outra conduta. Nós, os feios, estamos à margem. E somos fodas por estarmos à margem."

Nos anos 1980, o Flamengo estava indo bem para caralho – foi campeão mundial. Quando tinha jogo do Flamengo, ele não ia ao colégio. Até seguia no ônibus da escola, mas de sunga e com uma toalha estampada com a bandeira do Flamengo. Estudávamos, fazíamos prova e esperávamos a hora em que ele iria passar pela janela. Os professores viam aquilo e detonavam, enquanto a gente o encarava como o transgressor. Era atitude! De careca, passou a ser cabeludão: o Careca cabeludo! E começou a ir com a camisola da mãe dele ao único baile que havia na área. Se não era de camisola, era vestido de monge beneditino. Também pintava o cabelo de várias cores.

Nessa época, houve os jogos estudantis em Angra. Como vínhamos de um colégio de fora, éramos odiados. O Careca ia para a torcida alheia sozinho, vestido de padre. Quando alguém do time de Angra ia sacar, ele jogava um mau-olhado e fazia lá umas mandingas. Atualmente, o Careca mora em Camamu, uma cidade do interior da Bahia. Há uns cinco anos, contou que botava terno e ia para a igreja evangélica para se divertir. Um dia ele me explicou: "Lombriga, eu me divirto para caralho! Os caras não sabem nem quem eu sou, mas, quando falo aleluia, todo mundo repete. O pastor vai ficando puto!" Ele tem também um programa de rádio. Careca é até hoje o que era lá atrás. O colégio era o palco onde ele manipulava as massas. Era o meu herói máximo. Mais um cara que me libertou.

Na vila, tudo era muito básico. Só existia um mercado. Era bacana morar num lugar um tanto quanto hostil, um grande canteiro de obras. Todas as casas eram iguais. Os gringos moravam em uma parte, na outra ficava a nossa casa. Quando chovia forte, como acontece naquela região, ficávamos isolados, só conseguíamos sair de barco. Eu não tinha nenhuma relação com a usina, apenas com o entorno.

Nos primeiros tempos, todos os gringos eram americanos. Só depois vieram os alemães. Os americanos eram muitos e levavam uma vida de colônia. Estudavam em um colégio só deles e não se misturavam. Tínhamos contato na rua, onde acabei aprendendo inglês só para xingá-los. Outro motivo forte era o flerte com as meninas.

Eu morava em frente ao mar, o que era tão libertador quanto o fícus do quintal da minha tia. Não tinha porra nenhuma para fazer o dia inteiro. Ficava sentado na areia olhando para longe e viajando. Ali comecei a sonhar com uma grande viagem de barco, desejo não realizado até hoje. Via os barcos passando e pensava: "Que lugar é aquele? Quero ir para lá." Podia permanecer assim por horas, mesmo sendo aquela região um penico onde chove sem parar! Permanecia, debaixo de chuva, olhando o barquinho passar no horizonte, onde estava sol, lá na puta que o pariu. E pensava: "Quero o sol, a liberdade do barco no oceano." Foi aí que chegou o surfe, uma das melhores coisas que aconteceram na minha vida.

Existe o antes e o depois de começar a surfar. Para um garoto do subúrbio, de Campo Grande, deslizar na água é mágico. Além da sensação de liberdade, o surfe também se tornou parte de um processo de criação de outro ambiente estético – a prancha, a roupa, o biquíni, a praia, o sol, o rock, a música. Comecei a fazer uma associação nova: soul music e surfe. Quando queria botar uma música de praia, escolhia uma de baile de subúrbio. Eu não tinha nenhuma referência da Califórnia na minha vida. Mesmo Bob Marley veio depois.

Magoo me apresentou duas coisas definitivas: o walkman e a mobilete. Com o walkman, era possível ouvir música ao ar livre, já a mobilete me permitia andar de moto e ouvir música ao mesmo tempo! Foi a hora do reggae, que tinha tudo a ver com a praia e o surfe. Mais tarde passei a curtir um reggae mais urbano, um pouco diferente dessa vertente tropical e praieira.

A vida desabrochou em mim em Angra dos Reis. Eu não tinha as referências de Ipanema e da Zona Sul. Só tinha visto surfe em propagandas como as do cigarro Hollywood. Quando me deparei com um cara deslizando em cima de uma prancha, meu primeiro impulso foi querer experimentar aquilo. Com o dinheiro do meu pai – que ele havia juntado com o maior esforço –, comprei uma prancha velha, toda fodida. Para completar, tinha aptidão para o esporte, apesar do medo da prancha e de passar vergonha.

Foi ali que conheci um sujeito menor que eu, magricela e também fraquinho: o Bacura. Eu era tão magro e pequeno que meu braço não tinha tamanho suficiente para carregar a prancha – ela me parecia gigante. Eu ia no bico e o Bacura, na rabeta. Ficávamos os dois com medo o tempo todo, apenas olhando os outros no mar. Até que um dia ele falou: "Me empresta essa porra que eu vou cair." "O que é isso, cara?", respondi. E os mais velhos na praia botavam pilha: "Deixa o Bacura ir. Você não tem coragem, então deixa o Bacura." Acabei fazendo coro: "Vai lá, quero ver você se dar bem." O moleque foi e desceu uma onda em pé! Desde então, não saía mais da praia. Mesmo com toda a chuva do mundo, praia deserta, Bacura ficava muito feliz sozinho na água.

Comecei a pegar onda, mas não virei um daqueles surfistas. As músicas que eu escutava e as minhas roupas eram outras – o que me fascinava não era aquela cultura, era a sensação de liberdade no mar, que me prende até hoje. Não vou descansar enquanto não deslizar novamente numa onda.

Minha relação com o mar sempre foi marcante. Quando tinha 10 anos, estava com meus primos na Praia do Anil, também em Angra, onde há uma ilha bem próxima à costa. Eu não sabia nadar, mas decidi ir caminhando até a ilha. Quando parou de dar pé, segui em frente nem sei como. Até que, com a ajuda de um banco de areia, consegui chegar. Não tinha a menor graça ficar ali sozinho. Então fui buscar a molecada, que também não sabia nadar (afinal, era todo mundo de Campo Grande). Chegamos à ilha! Na hora de voltar, já caindo a noite, a maré encheu e não sabíamos como sair. Nesse dia aprendi a nadar – e, o pior, tendo que rebocar todo mundo.

Sempre fui teimoso com as minhas vontades. Um pouco mais velho, meu pai não me deixava usar o carro. A solução foi pedir para lavá-lo. Nessa função, tinha que ir para a frente e para trás, o que me permitia usar a primeira marcha e a ré. Foi um passo para dar a volta sozinho no quarteirão.

Inglês, eu aprendi na rua. Nadar, no sufoco. Dirigir, no improviso. Foi a necessidade que sempre me levou em frente.

Separação

Naquele momento, o Lombriga fazia do Marcelo um passado distante. O anti-herói aprendeu a falar com todo mundo e a conquistar as pessoas. Desde aquela época, aprendi a usar minha inteligência emocional para me adaptar a qualquer situação. Virei um cara muito popular, o que acabou criando uma entropia entre meu irmão e eu. As mesmas brincadeiras que impunha a mim e aos outros passaram a ser um problema para ele. Com isso, ele se aproximou cada vez mais do meu pai e ficou muito mais na do meu pai do que eu. Só nos reaproximamos depois dos 20 anos. Nunca tive que cuidar dele, porque vivíamos em um ambiente seguro, de casas sem muro. Ocupávamos uma área de segurança nacional. Era um lugar muito peculiar, já que todos estavam lá por conta de um compromisso de trabalho, sem precisar fincar raízes. Até criávamos laços, mas sabíamos que a decisão de um chefe de demitir ou transferir algum funcionário poderia pôr tudo abaixo. O paraíso sempre poderia ser momentâneo.

No começo, a vila não tinha muita estrutura. Era corriqueiro ouvir barulho de sirene anunciando mais uma explosão na pedreira. Todos tinham que se jogar no chão. Certa vez, os milhares de peões da obra se rebelaram na vila operária, depois de uma semana inteira sem água em casa para tomar banho. Quebraram uma porção de coisas e o tenente Ventura, nosso vizinho, figura simpática pela qual tenho muito carinho, apareceu com uma arma na mão dizendo que era para garantir a proteção da vila.

Aquele ruído da rebelião marcou profundamente a minha alma. Até hoje escuto o barulho da revolta, que parecia o som do Maracanã lotado. E eles acabaram conseguindo a água. Nós sempre tivemos uma estrutura bem melhor que a da vila operária. Éramos separados por uma cerca, e isso tinha um peso enorme. Era um lugar muito diferente de qualquer outro no mundo.

Em Angra, meu pai tinha um cargo importante no trabalho. De alguma forma, as pessoas respeitavam minha família por isso. Mas, depois que ele trocou a minha mãe por outra, ela passou a ser a coitada que foi largada pelo mau-caráter. Nesse teatro, meu papel social acabou sendo o do drogado, o cabeludo de camisa preta. As mães das outras crianças começaram a falar aos filhos que não brincassem mais comigo. Se dava alguma merda, associavam ao Lombriga. Viviam dizendo que os moleques iam lá para casa fumar escondido das mães. O mais engraçado – e injusto – é que eu e meu irmão nunca fumamos. Nunca fumei maconha ou me liguei em drogas ilícitas. Só álcool. Parece mentira, mas a verdade é: nunca fui chegado em drogas.

Com a separação, ficamos morando com a minha mãe. Todo mundo queria ajudar: "Tia Luiza, o que a gente pode fazer pela senhora?" Eu estava começando a estudar no Rio, só ia a Angra nos fins de semana. Ainda que doloroso, esse foi mais um evento libertador.

A relação com meu pai nunca foi muito boa, mesmo antes da separação. Nem sequer sentia falta dele. Ele foi mais ríspido comigo do que com meu irmão (e eu era muito mais louco do que meu irmão), mais parceiro dele do que meu. Nunca o julguei pelo que fez com minha mãe, mas ele é estranho, sempre competiu comigo, e essa é uma dor que ainda sinto.

Houve uma época em que começamos a correr juntos. Eu passei a dar uma volta na vila, depois duas, três: "Caralho, eu posso!" Comecei a correr com ele, que sempre duvidava de mim. Ele ria do meu jeito desconjuntado, mas eu persistia. Sou um desconjuntado que venceu: aprendi até a tocar bateria! Algumas vezes, ele falava que ia largar a minha mãe, mas em seguida completava dizendo que só não a deixava por nossa causa. Uma vez eu falei: "Pelo amor de Deus, vai tomar no cu! Não põe esse peso na gente."

Depois da corrida, fui fazer travessia a nado. Nadava quilômetros e corria, era uma maneira de ficar comigo mesmo. A dor que sentia no exercício, eu vencia com a cabeça. Anos mais tarde, soube que esse é o cerne da meditação: primeiro o cansaço, depois a dor. Fazia tudo isso não por uma questão estética, mas para ter a certeza de que podia correr, nadar e superar a dor. Mal sabia quanto ainda teria que conviver com a dor. Conviver e sucumbir tantas vezes.

A separação dos meus pais foi quase um alívio, ainda que sempre fique algum desconforto. A primeira vez que encontrei meu pai depois da separação foi num passeio de carro, estava tocando uma música do Sting. Ele dizia que achava The Police uma merda! Eu achava estranho ter mudado tanto seu gosto em dois meses. Era uma coisa da mulher dele, bem mais nova. De certa forma, estar separado foi muito libertador para ele também.

Meu pai não brigou apenas e saiu. Levou minha mãe ao colégio, deu beijo, voltou, arrumou as coisas e sumiu. Entrou de férias e deixou com a secretária cartas para serem abertas em dias específicos. A cada carta, ele dizia o que deveria ser feito naquele dia. Pagar uma conta, por exemplo. Nas cartas, também dizia como minha mãe deveria reagir. Era de um planejamento atordoante. O problema é que as variáveis em uma casa são bem mais complexas do que uma carta pode prever. O bom do processo foi ter unido muito mais a mim, meu irmão, meus primos e minha mãe, além dos meus amigos que estavam lá.

Se sou de um certo jeito com as mulheres, isso vem do meu pai, que faz o tipo garotão. O lance dele era alta rotatividade, algo meio Nelson Rodrigues. Mas meu pai nunca foi meu herói. Era uma referência, e isso até para coisas que nunca gostaria de fazer, mas faço.

Na vila, as casas mais bacanas eram as de frente para a praia. Nelas, os carros eram também maiores. Meu pai e meu irmão sempre se amarraram em carros, como quase todo homem. Até acho legal, mas nunca compartilhei esse gosto com eles. Lá pelas tantas, nos mudamos para uma dessas casas. Quando soube, perguntei por que iríamos nos mudar. Ficou claro que não eram os meus valores, não era o caminho que eu queria seguir. Então algo se rompeu mesmo com o meu pai.

Uma descoberta recente é que gostar não é somente prazeroso. Gostar, amar de verdade, é sacrificante porque não tem só o lado bom, o que une. Com isso, comecei a me sentir melhor em, mesmo não gostando de muitas coisas no meu pai, amá-lo intensamente por algo muito mais profundo do que concordar ou discordar. Perceber isso e sentir dessa forma me acalmou. Amo o meu pai.

Viver é transcender

Minha mãe teve que vencer dificuldades na vida diversas vezes, e por diferentes motivos. Ela perdeu a mãe muito cedo, quando eu ainda nem tinha nascido. Minha avó sentia dores e tudo indicava que era vesícula. O médico resolveu operá-la e, quando iniciou a cirurgia, achou melhor não prosseguir, pois ela já estava tomada pelo câncer. Entre diagnóstico e morte, foram apenas 30 dias. Minha mãe precisou de muito esforço para superar.

Ela teve que ser esteio de si mesma, se bastar na sua solidão do dia a dia. Sou diferente: acredito que o caminho é o que trilhamos em grupo, aquele em que não estamos sós. Não nascemos para seguir a vida sozinhos. Isso está no cerne do meu trabalho como músico, poeta e ativista. Quando aconteceu o acidente, tudo veio à tona outra vez. Quanto à minha mãe, ela viu que, para superar, teria de fazer mais alguns sacrifícios.

Por falar em sacrifício, viver é um sacrifício enorme para mim hoje. Não paro de fazer algo porque estou com dor de cabeça, por exemplo. Como eu sinto dores muito mais intensas em 70% do meu corpo, uma dor de cabeça passa a ser quase nada. Já minha mãe, mesmo com 70 anos e pressão alta, tem uma força de vida incrível. Acorda todo dia às cinco da manhã para trabalhar. Isso é pulsante, é vida. Eu não tenho mais isso.

Na época do acidente, ela ainda trabalhava como professora e pediu antecipação da aposentadoria para cuidar de mim. Eu nunca tive que cuidar de ninguém, nem mesmo da minha casa. Há dias em que me falta tempo, e é justamente estar ocupado que me deixa vivo. Faço tudo tendo que lidar com a minha imobilidade e sentindo uma puta dor da cintura para baixo. É uma merda! A dor faz parte do meu corpo, não lembro mais o que é não sentir dor. Quando vejo uma pessoa saudável, sentada confortavelmente, conversando, penso no quanto tenho que me concentrar para ao menos parecer bem, apesar dessa dor eterna.

Além disso, a pessoa que mais me protege e me ama incondicionalmente, a quem dedico um amor enorme, cobra o preço da minha paz o tempo todo. Eu não tenho paz com a minha mãe. Saí de casa aos 16 anos e tenho 47 agora, em 2013. Em qualquer situação, é complicado voltar a morar com a mãe – na minha, é ainda pior. Ter sido roubado por enfermeiros e precisar de ajuda constantemente são fatos que fazem minha mãe interferir demais na minha vida. Reconheço que também sou parte disso: se o empregado faltou, quero que ela resolva para eu poder pensar nas músicas, nas letras e no meu trabalho.

Acabo deixando que ela ocupe esse espaço na expectativa de que saberá o momento certo de entrar e sair. Mas as mães, em geral, não sabem. Elas querem ser mães pelo resto da vida. Por muitas vezes, foi só com ela que pude contar. Em diversos momentos me senti, junto com minha mãe, numa solidão absoluta.

Fiz questão de ter um estúdio em casa. Era fundamental para que seguisse o meu caminho. No entanto, no que quer que eu faça, a dependência é insuportável. Gosto de dormir de lado – de manhã cedo, se chamo o enfermeiro e ele não está, vou ficar de lado até ele chegar. Não consigo me virar sozinho. Quando um enfermeiro me roubou, eu estava assim, preso de lado, enquanto ele estava no banco com a minha senha e meu cartão de crédito sacando o meu dinheiro.

Morar com a minha mãe me protege. Posso estar de saco cheio dela, posso estar sem paciência, mas, se eu gritar, ela virá. Seu amor incondicional me faz estar em contato, o tempo todo, com a minha própria tolerância. Se for morar longe, posso ficar mais de um dia gritando sozinho. Sei que pode acontecer porque, além de ter os membros inferiores comprometidos, o braço esquerdo, em que tomei três tiros, tem um problema muscular, uma lesão local. Ainda que eu não seja tetraplégico, tenho esse braço muito prejudicado. Não há firmeza para passar da cadeira para outro lugar. Às vezes acho que me falta garra. Preciso de um enfermeiro e me assusta saber que será essa a minha realidade quando minha mãe se for.

As coisas não são muito promissoras para um cara de 47 anos em uma condição física como a minha: não tenho mulher, não tenho filhos. É um grande conforto ter alguém com você, que está ali quando você nem sente sua presença. De agora em diante, começo a ter outro tipo de problema: o desgaste da idade. O homem não foi feito para viver sentado. Tenho dificuldade em me ver como um deficiente velho. Meu maior medo é a qualidade de vida piorar ainda mais. Não reclamo de ficar sem andar, mas de tudo que isso acarreta. Tenho muita infecção urinária, por exemplo. Eu sinto, quando estou saudável, que pego a vida na marra. Porém, quando caio, quando me deprimo, tudo se complica. Tive uma ferida na região do cóccix que levou quase três anos para sarar. Precisava me virar o tempo todo, então gravei o disco do F.UR.T.O. deitado no chão do meu quarto.

Continuar a fazer o que faço é um gasto, um esforço enorme. As brigas vão desde as mais triviais até as disputas com o plano de saúde, que não quer se responsabilizar por parte do tratamento. Não é uma questão de autopiedade, já que não fico sentindo pena de mim mesmo. Talvez seja pior do que isso. No dia seguinte à paralisia, veio o impacto: eu não tenho grana, não tenho patrimônio nem família rica. Vim de um subúrbio lá na puta que o pariu e consegui fazer as coisas que fiz. No meio de tudo, acontece o acidente. Você perde a crença no seu potencial. É mais que o sentimento de ter sido vítima de alguma injustiça da vida.

Houve vários momentos em que me superei, fui além da expectativa que poderia ter para mim mesmo. Mas a primeira vez em que estive diante do perpétuo foi com os tiros. Tem uma coisa que é para sempre na nossa vida: a morte. Para ela, não tem jeito. Eu olho para mim e me vejo preso a algo que não tem jeito, que não depende do meu esforço.

Não vou mais voltar a andar nem a fazer muitas coisas que fazia antes. É uma morte. O meu braço poderia melhorar ligeiramente, mas isso pouco mudaria a minha condição. O verdadeiro machucado vai além da minha paralisia e da minha condição física. No hospital, acordei com um cara enfiando um fio no meu pau. Perguntei: "Que porra é essa?" O cara me respondeu: "É para você fazer xixi." Tentei entender e segui perguntando: "Vou ficar com isso até quando?" E ele, fazendo rodeios, explicou que seria para sempre. "Como?

Para sempre? Quer dizer que eu nunca mais vou fazer xixi do jeito normal?" E ele: "Não, nunca mais."

O processo de descobrir que isso é para sempre é muito doloroso justamente por essa minha personalidade que desafia, se mete e vai fazendo. Comecei a tocar bateria "fazendo". O "vai fazendo", nesta minha nova situação, não rola. São longos anos de queda nos quais fui descobrindo sempre um novo "não vai dar". Esse processo de descoberta de incapacidades me desmoronou. Fiquei uns seis ou sete anos lidando com esses sentimentos. Quando estou em depressão, fico na cama, não atendo telefone, durmo, não como. Vai dando uma onda que é o não viver e não ter coragem de morrer. Quando começa o infortúnio da vida me chamando, a pressão vai baixando, não tenho energia e vou ficando assim. Eu me isolo. Não gosto de expor minha fragilidade, então simplesmente sumo. E eu me permito fazer isso como uma válvula de escape. Tem que ter um "hoje eu não vou".

Atualmente, não vou aos lugares. Não fico amarradão de estar com as pessoas – seja porque tenho uma certa fobia, seja porque são poucos os locais a que posso ir. Na realidade, não tem muita gente que me desperte vontade de estar junto. Ando perdendo alguns dos meus amigos. Quando estou bem, começo a conversar, tomo um chope e, em cinco minutos, não sei mais que estou na cadeira de rodas. Fico tão envolvido que passa a ser quase uma questão de tipo: um é alto, o outro é baixo, o outro é gordo, um é mulher, o outro é preto ou branco e eu sou o que está numa cadeira de rodas. Quando me encontro nesse tipo de convívio, entendo que sou assim, diferente. Mesmo sabendo que, para meus amigos de verdade, meu estado nunca é indiferente. Muitos sentem uma grande revolta pelo que me aconteceu.

Samantha Caldato é uma dessas grandes amigas. Ela tem esse negócio de cuidar de mim e não suporta, por exemplo, marcar um médico lá de Los Angeles, onde ela mora, e eu não ir à consulta. Não fui. Não vou. Pronto. Tem também a Virgínia, uma amiga que é minha médica. Mesmo com ela, quando não dá, sumo mesmo. A maneira que tenho para enfrentar as coisas é trabalhando, só assim consigo me religar ao homem que eu era. Quando não tenho disposição para trabalhar, não tenho disposição para mais nada.

E trabalhar pode ser muita coisa. Agir e ter planos é trabalhar.

Quero voltar ao mar. Por isso me dediquei a estudos para montar um caiaque que me possibilite entrar na água novamente. Minha ideia é realizar a travessia Rio-Niterói. É algo que passou a ser uma obrigação profissional. Se não for assim, sei que não vai rolar, porque sou muito disperso com o que me traz felicidade, prazer individual.

O único prazer mais pessoal que me permito é com as mulheres. Mas não sou e não fui um cara legal. Sou egoísta. Tenho um medo enorme de amar e, principalmente, de receber amor. Depois da cadeira de rodas, acho que tive mulheres muito mais interessantes, talvez até mais bonitas. Houve vezes de eu estar morando com a mulher que pedi a Deus, inteligente, linda, um senso de humor foda... e eu ia para a rua arrumar piranha. Foi o maior autoboicote da minha vida. E o fiz de forma recorrente, mesmo depois do acidente. Sempre traí.

Depois de um desses relacionamentos, quando me separei da Joana, entendi: isso não me traz felicidade. Passei a correr de relacionamentos amorosos. Chego a evitar uma azaração para não cair no mesmo erro. Não quero ser canalha com mais ninguém. Mas isso acabou me deixando numa solidão fodida. Evidentemente tudo me remete a meu pai. Certa vez, ele falou: "Por que me contentar com meio copo de vinho se posso ter o copo cheio?" A conquista gera essa afirmação, sobretudo depois da cadeira. Mas não me dá orgulho – ao contrário, é meu maior problema.

Minhas vivências criaram a noção, muito boa, de que felicidade não é só única e pessoal. A felicidade é comum. E isso, cada vez mais, é o cerne do meu trabalho.

Mesmo não sendo exatamente um otimista, teimo em achar que o melhor está por vir. Aprendi que o cérebro humano passa a funcionar plenamente a partir dos 48 anos de idade, pois é quando começa a decadência do corpo. E essa máquina é tão perfeita que se compensa. O Júnior, quando voltou da Europa para jogar no Flamengo, tinha a cabeça branca, quase 40 anos e foi campeão carioca e brasileiro. Eu falava: "Como ele pode jogar tão bem se tem menos condição física?" Ele tinha menos ansiedade, mais confiança, mais experiência. Assim ganhou o último título jogando com a molecada. Se não vou ter a experiência de estar dropando uma onda em pé numa pranchinha, a travessia em um caiaque, mesmo reto no mar, pode gerar muito mais sensibilidade do que antes. Um dia na praia pode ser tão ou mais importante do que era. Sob esse ponto de vista, sei que o melhor ainda está por vir. Eu não tenho muito tempo para chorar. Quando o faço é porque a situação está difícil mesmo – aí não tenho vergonha.

Existe uma juventude rara, raríssima, que é aquela que perdura. Eu sinto essa juventude pulsando em mim. Fui descobrir que era velho há dois anos. Porque está para nascer um moleque que trabalhe mais do que eu, que tenha mais atitude, mais contundência. E tudo isso com a experiência adquirida, com menos ansiedade. Não é mais uma música bem-feita, uma música que comunique, mas aquela que, pelo menos na sua intenção, foi além. Transcendeu.

Copacabana, um mar de gente

Aos 16 anos, vim para o Rio me preparar para o vestibular. Fiz o terceiro ano no Colégio Princesa Isabel, em Botafogo, na Zona Sul. Morava na casa do Chico Zé, um dos meus melhores amigos da vila. Foi um puta esforço para os meus pais me colocar numa escola particular como o Princesa. A estratégia era fazer um bom pré-vestibular para entrar em uma universidade pública. Até então, nunca havia estudado em colégio particular.

Chico sabia que iria prestar vestibular para Engenharia, e eu para não sei o quê. No meio do ano, como experiência, fiz prova para Odontologia, mesmo não tendo o menor interesse em ser dentista. Estava tão perdido que dormi na prova. Acordei com um sujeito da TV Manchete me filmando. Fui pego em flagrante e só pensava no risco de os meus pais verem a reportagem. Eles no maior sufoco para bancar os meus estudos e eu dormindo na prova do vestibular!

Dona Dedé, tia do Chico Zé, era uma senhora de idade muito sisuda, sofrida. Ficava arrumada mesmo dentro de casa. Tinha 70 e poucos anos e havia sobrevivido a um aneurisma. Não nos queria ali. Não era agradável viver assim. Eu pensava no que fazer para ganhar a coroa.

Era difícil dormir com o barulho de Copacabana, ficava chocado com toda aquela urbanidade. Antes de vir para o Rio, só pensava em como a cidade era bonita, que ia conhecer várias gatinhas, pegar onda, arrumar alguma coisa interessante para fazer. Fui vendo que não era bem assim. Em Mambucaba, eu era o Lombriga; no Rio, era ninguém.

Começava a andar em Copacabana e ia até o Leme. Queria entender onde estava. Passava pelos travestis, pelas putas, por aquele monte de velhos, pelas mulheres mais sexy de Copacabana. Ali, você pode ver uma mulher de 60 e poucos anos andando com um biquíni pequenininho em direção à praia, com uma tatuagem no cóccix, tirando onda de gatinha.

Mesmo no meio daquela fauna, me sentia só. No colégio, mais ainda, porque não tinha empatia com ninguém, exceto Alessandro. O apelido dele era "Maluco", porque ouvir funk não era comum na Zona Sul daqueles tempos. Ele tinha um sistema de som enorme em uma casa minúscula em Botafogo. Íamos para lá e ficávamos escutando música. Foi uma das poucas pessoas com quem tive algum relacionamento nessa época. Tinha também contato com o Wagner, que é DJ hoje. Isso sem falar no Magoo, que também foi para o Princesa Isabel.

Éramos todos de Angra, só que eles tinham família aqui, e eu, não. Chico Zé, meu companheiro de casa, diferente do Magoo, era bem aceito, praticava esporte. Magoo era mais parecido comigo: não fazia porra nenhuma de esporte e era ligado em música. Eu me sentia um peixe fora d'água no Rio. A cidade me oprimia e eu não tinha muitas relações no colégio. Não ia bem nas aulas e, decididamente, não tinha uma cultura Zona Sul, não tinha comunicação. Apenas com o Alessandro, por causa do funk.

Alessandro dançava e era ridicularizado por todo mundo. Magoo tinha certa importância para mim, porque foi quem me ensinou que o sofrimento educa, que a adolescência não era um mar de rosas e que não dava para fazer força para ser aceito. Eu sentia essa aflição, mas seguia tentando. Ele falava: "Esquece, não vai rolar. Eles são diferentes de nós, são outra coisa. Não vamos ser aceitos, nunca seremos um deles." Entender e aprender isso, aliado com o senso de humor que o meu pai me passou, de me "autossacanear", foram minhas formas de defesa.

Até me defendia, mas isso não tirava de todo a minha tristeza. Sabia que não ia pegar aquela garota. Não adiantava botar a mesma roupa que eles, falar parecido. Quando se assume isso, as coisas ficam mais fáceis. Certa vez, uma garota chamou a gente para ir à casa dela. Uma porrada de caras foi ouvir música depois de uma prova. Na época, eu era cabeludo. Começou a rolar um baseado e, quando chegou em mim, mandei: "Não, eu não fumo." Foi um espanto geral. Como eu não fumava? Não acreditavam. Ainda que, no início, fosse um pouco opressor não ter aquela linguagem comum, percebi que era a minha identidade também, impunha respeito. Não fumar maconha nunca me tirou das rodas.

Minha cabeça não parava. Não me concentrava em nada que tivesse a ver com o colégio. Primeiro, porque ainda não sabia o que queria estudar. Quem disse que, aos 16 anos, você sabe a profissão que vai querer ter na vida? Eu me chocava com coisas simples do convívio, que nem imaginava que pudessem existir. Uma outra vez, uma garota nos convidou para o aniversário dela. Era em uma ilha! Por mais que tivesse morado em Angra por muito tempo, nunca tinha conhecido alguém que tivesse uma ilha. Não fazia parte do meu mundo. Também não fazia parte do meu universo alguém chegar de um feriado dizendo que fora para Nova York e vira um show dos Rolling Stones.

Todo mundo ia à praia no mesmo lugar, todos compartilhavam afinidades, e eu não tinha nem por onde puxar nada disso. O colégio era muito hostil. Decidi me calar e assim segui até boa parte da faculdade.

Um dia, liguei a TV antes do horário de a dona Dedé ver a novela. Botei na Bandeirantes, canal do esporte. Estava sentado de um lado do sofá, e ela sentou no outro com a ajuda da bengala. Entrou no ar uma propaganda, estava aquele silêncio na sala, dei um arrotão. Ela olhou para mim. "Dona Dedé, tem um sapo atrás do sofá!" Fui atrás do sofá e dei outro: "Está vendo? Tem um sapo aqui." Ela começou a rir. Daí em diante, ganhei a coroa. Depois houve um dia em que a ajudei quando ela passou mal no banheiro e só eu estava em casa. Dona Dedé não chegava a me chamar de filho, mas, depois disso, até perguntava por mim.

Após um tempo, saí dessa casa e fui procurar lugar em república. Arranjei uma vaga em Vila Isabel, com pessoas da mesma vila que a gente em Angra. Todos eram mais velhos. Fui o último a entrar na divisão dos trabalhos. Ganhei o lugar mais sujo para limpar: a cozinha. Era um apartamento de quarto e sala com sete pessoas. Ali fui aprendendo outro tipo de sobrevivência. Tínhamos várias estratégias: a lâmpada da casa era tirada do corredor de outro andar, o papel higiênico vinha da faculdade e as cortinas eram da Universidade Gama Filho. Minha cama no beliche era a de baixo, onde todos limpavam os pés antes de subir para as suas próprias camas.

Éramos o Pato, um cara que namorava a Miss Taubaté e vivia chorando pelos cantos por ela; o Baiano, que comia as comidas de todo mundo; o Macaco, dono do apartamento; a irmã dele, Lila, uma amiga dela (as duas ocupavam o quartinho da empregada) e eu. Morava também com a gente o Cocolho, um grande amigo que pesava uns 130 quilos e fumava muita maconha. Certa vez, cheguei em casa e ele estava mexendo vinho e semente de maconha em uma panela. Falei: "E isso dá doideira?" "Doideira não dá, não, mas dá uma puta dor de cabeça que, quando passa, é uma maravilha, você fica achando a vida linda. Maior onda." Naquela república, vi todos os tipos de drogas de pobre: um negócio de limpar fogão, benzina, xarope...

Prestei vestibular no mesmo ano que vim para o Rio. Acabei passando para jornalismo na Faculdade Hélio Alonso, a Facha. Na república, era cada um de uma faculdade. Aquilo era uma praça pública. A cada dia havia uma pessoa diferente, que na maioria das vezes eu nem sabia quem era. Acho que ninguém sabia.

Cada um fazia o seu rango, e eu, que sempre gostei de cozinhar, cheguei a ficar sem comer vez ou outra. Acontecia quando queria ir a um show, por exemplo. Eu tinha que ter alguma grana para voltar para casa na sexta à noite. Se quisesse sair na quarta, na quinta e na sexta, já não rolava de rangar. Mesmo sair para beber me obrigava a fazer as contas e botar no papel. Quarta-feira o dinheiro começava a ficar rarefeito. Teve um dia em que comprei um quindão na padaria. Fiquei de quarta até domingo comendo quindão com água.

Numa outra oportunidade, comprei um vinil, mesmo não tendo toca-discos. Isso não me incomodava – era uma conquista, já que eu mesmo havia optado por gastar a grana da semana naquilo.

A vida era um sacaneando o outro o tempo todo. Eu trazia comida da minha mãe em um tupperware. Na segunda-feira, colocava na geladeira e, quando acordava no dia seguinte, nego já tinha comido tudo. Comprei do porteiro uma gaiola de ferro e um cadeado. Punha as comidas lá dentro, mas um dia os filhos da puta forçaram e roubaram o bife à milanesa. Mais uma vez, lá estava eu aprendendo a ter jogo de cintura para viver. Depois de passar por aquilo, peguei casca e comecei a não deixar que essas coisas me atingissem. Nem mesmo a cidade me atingia mais.

Eu era muito sozinho. Se ficava chocado com um mendigo na rua, por exemplo, não desabafava com ninguém. Na faculdade, passei a ler sobre novos assuntos e a conhecer novos autores: Baudelaire, Adorno... Com a minha sensibilidade, tudo aquilo me deixava puto. No entanto, fui vendo que existia gente que também já tinha pensado sobre o mundo e que tinha sofrido com isso. Comecei a entender – não com bons olhos nem como uma coisa boa – isso de ser sensível a certas coisas. Aprendi a tolerar meu jeito. Por que me importo e sofro? Uma vez socorri uma mendiga no Catete e depois vim pensando sobre aquilo. Quando saltei na praça Saens Peña, andava no meio da multidão chorando para caramba, também com pena de mim mesmo. Que merda! Sensibilidade devia ser uma coisa boa, mas ninguém me valorizava por isso.

Nesse dia, conscientemente, atravessei a praça Saens Peña chorando, cinco, seis horas da tarde, quando todo mundo está chegando do trabalho, e aquilo não fez diferença nenhuma.

Quanto ao que passei com a mendiga, ninguém ia ligar também. Quando chamei o PM, ele me deu um esporro. "Aquela moça está passando mal." "Você é parente?" "Não." "Porra, eu não sou ambulância, vai tomar no cu." Fiquei insistindo e uma moça no ponto do ônibus me deu razão, mas a maioria das pessoas simplesmente ignorou.

Era eu que estava errado? Acabei encontrando amparo nos textos da faculdade. Eu não tinha cultura nenhuma. Aprendi a ler com 6 anos, mas somente aos 16 fui entender que leitura não era obrigação. No começo, os textos pareciam grego. Depois fui caindo de cabeça em todas aquelas matérias: sociologia, antropologia, filosofia. Não tinha nenhum interesse nas disciplinas técnicas, normalmente as preferidas. As outras me davam muito mais, abriam meu horizonte. Não pensava na profissão, mas que aquilo me transformava. Fazia com que me conhecesse melhor, assim como ao mundo ao meu redor.

Comecei a enxergar a importância do mestre ao observar um dos meus professores, o Ivan Proença, que deixou de ser militar na ditadura e se tornou professor. Mestre é aquele que tem alguma coisa para transmitir. Eu os procuro até hoje. Mestre não precisa ser mais velho, só tem que ter algo a ensinar.

Antes de morar no Rio, não conhecia o centro da cidade. Como era muito ligado aos meus primos de Campo Grande, preferia ficar por lá quando havia chance de sair de Angra. Rio era apenas para eventos muito especiais, como ir ao shopping comprar presente de aniversário ou de Natal. Só conheci o BB Lanches – quase uma instituição da Zona Sul carioca – aos 28, 30 anos. Aquela entrada da faculdade me fazia pensar que eu estava em outro país: loja de sucos, livraria 24 horas... Eu chegava já pedindo desculpas... Era demais para mim.

Poucos anos depois, na época do Planet Hemp, ficava horas sentado na porta do Circo Voador. Falava sobre arte e filosofia, tomando cachaça a R$ 0,50, porque não tinha grana para entrar. Isso alimentou a minha própria arte, que está também nas andanças por Copacabana, na descoberta do Rio de Janeiro. O engraçado é que sempre gostei do mar, mas minhas andanças eram pela Nossa Senhora de Copacabana, e não pela Atlântica. O mar me atraía, mas também me fascinava o mar de gente...

Arma aqui, não!

Sou o maior para-raios de maluco. Gosto desses tipos estranhos e me alimento disso. No começo, eram os outsiders da escola. Mais tarde, veio a curiosidade pelo banditismo. A minha relação com o Marcinho VP vem um pouco daí. Eu queria entender o que era aquilo.

Quando conheci o Marcinho, ele era o bandido mais procurado pela polícia do Rio. O primeiro evento de hip-hop em favela fui eu que produzi, no Morro Dona Marta, onde ele morava e mandava. Márcio pediu para me ver. Fui subindo o morro e, de repente, um cara com a camisa dos Racionais e uma metralhadora na mão me fala: "Aí, irmão..." E eu, contrariado: "Pô, tô subindo o morro há um tempão, o meu trabalho é lá embaixo. O teu chefe pediu para falar comigo, mas estão montando o som lá e eu tenho que fazer um montão de coisa." Ele falou: "Você já viu ele?" "Não, estou subindo aqui há um tempão e deixando de fazer o que eu tenho que fazer." O cara me interrompeu: "Se você está procurando por ele, acabou de encontrar." Era o Marcinho VP, que, para mim, seria o Márcio. Então ele pegou uma porrada de livros de poesia e começou a falar sobre o tema comigo. Naquele momento, ele virou o personagem que sempre procurei. Como um bandido tem livro de poesia? Naquele microcosmo, o Marcinho tinha uma função de poder, mas não fiquei com medo, pois a mim ele não tinha nada a oferecer nem a ameaçar.

Outra vez em que estive lá com ele, fui à casa do Zé Galinha, um ex-bandido que tinha entrado para a Igreja. Zé Galinha ainda não tinha chegado do trabalho. Mesmo assim, Márcio foi entrando e me apresentou à esposa do anfitrião. Ela me ofereceu uma janta e me mostrou seus filhos. Logo Zé chegou. Vi aquele negão forte, bonito, vestido como crente, com uma nobreza incrível no olhar. Ele nem olhou para mim e falou, nervoso: "Márcio, o que eu te falei?" O clima ficou tenso, Márcio sem entender. O outro continuou: "O que eu te falei, Márcio? Arma na minha casa, não! Tira esse fuzil daqui e põe lá fora." Márcio ainda tentou argumentar, mas o Zé estava irredutível e realmente puto com aquela arma ali: "Põe fora agora que estou mandando!" E o bandido mais procurado do Rio de Janeiro, na mesma hora, pegou a arma e colocou do lado de fora da casa. Achei aquela cena linda, emocionante.

De início, Márcio ficou envergonhado por não ter poder sobre aquela pessoa. Mas, quando tirou o fuzil da casa, voltou sorrindo, digno. Fiquei admirado de vê-lo se curvar a outro homem que pedia para ele abandonar – ainda que temporariamente – o maior símbolo de poder que ele tinha: a metralhadora na mão. Achei poético aquele homem impor esse limite. Aprendi e levei isso para a minha vida, para a minha casa: arma não entra! E não importa se o meu melhor amigo hoje é o delegado Orlando Zaccone.

Eu frequentava muito a Rocinha, que era dominada pelo Lulu, um cara muito legal. Nenhum ser humano, por mais psicopata, é de todo uma coisa só, mau ou bom. E existe algo que vai além: por mais que a liderança daquela comunidade possa ser bizarra, capaz de cometer crimes bárbaros e manter o poder pelo medo, mesmo ela tem limites. Porque a comunidade tem o poder de pegar o telefone e ligar. Ela não vai se expor e lutar contra o crime ali, mas tem um peso. Pode conspirar contra o bandido. O levante pode ser maior que a possibilidade democrática das urnas. Uma vez que você vota, elege um prefeito, o poder popular para tirá-lo é pequeno. Toda essa história faz com que o bandido tenha que prestar favores. Mesmo que seja pelo lado mais vil, ele não consegue ser de todo mau – senão a comunidade pode derrubá-lo. Ninguém sabe se vai ser melhor ou pior, mas a população atua de alguma forma.

O narcotráfico é ponta de lança do capitalismo. É o capitalismo mais selvagem que existe. Visa apenas o lucro, sem educação, sem formação – é só exploração. Ele cria manhas, maneiras, não tem know-how para existir. O tráfico, em boa parte das favelas do Rio, do Brasil, é totalmente falho como negócio. A operação não tem grandes segredos, é tosca. O cara vai buscar de um matuto, que vai pagar o policial para entrar com aquilo ali. Está na cara e é assim que funciona. Não tem grande sacação, inteligência ou organização sofisticada. Esse crime organizado não existe.

Não dá para eleger os maiores traficantes como símbolos de poder. É papo furado! Os donos do poder no Brasil são outros. Quando eu namorava uma garota em Paraty, cujo padrasto francês deu a volta ao mundo de barco ao longo de 15 anos, ouvi uma história que me marcou. Ele contou que em poucos lugares do mundo uma pessoa é dona de um iate sozinha, como acontece no Brasil. Na Europa, eles pertencem a uma empresa e os maiores acionistas podem usufruir daquele barco. Ser rico no Brasil, isso sim, é ser realmente poderoso. O que esses bandidos têm no morro é só o topo da pirâmide da classe social da favela.

Nunca a queda de um traficante ameaçou o consumo de drogas na Zona Sul, porque o sistema não depende dele. Se gera muita grana para alguém, esse alguém não precisa pegar em arma. Isso é trabalho de peão, de gente deseducada. É trabalho da escória.

Meu mestre: Waly Salomão

Houve uma época em que jogávamos basquete numa quadra perto do Flamengo. Nessa turma, estava o Marco Veloso, artista plástico. Quando eu era pequeno, em Campo Grande, em vez de chegar e falar "O que está pegando?", o cara falava: "E aí, qual é o parangolé?" Sempre tive paixão por cultura negra, tudo o que soa étnico me marca. Parangolé me soava regional, meio étnico, meio afro, carreguei comigo. Na faculdade, li sobre Hélio Oiticica e seus parangolés. Acabei contando para o Marco essa história e ele me explicou, sem saber direito, que era uma gíria – o Hélio Oiticica apelidou seus panos, suas obras, de parangolé. Ali, pela primeira vez, ouvi falar do Waly Salomão, amigo do Marco.

Só anos mais tarde vim a conhecê-lo. Estava em casa e recebi seu telefonema. Uma das primeiras fotos de divulgação d'O Rappa era de todos os integrantes da banda usando capuz. Quando viu a foto no jornal, Waly se interessou pela imagem que, segundo disse, lembrava o Naldo, bandido da Rocinha fotografado no morro com arma e capuz. Atendi. "Quero falar com o Yuka." "Sou eu, quem está falando?" O papo fluiu, e a gente combinou de se encontrar na casa dele, no Alto Leblon. Aquilo parecia outro país. Cheguei e deparei com ele e Omar, seu filho, na entrada do prédio, com um rodo, tirando a água da chuva que havia caído há pouco.

"Yuka! Estava esperando você ansioso como quem espera uma namorada."

Naquele momento, eu estava imbuído de uma profunda decepção artística – conseguir uma gravadora era cabal para estabelecer uma carreira, mas muito difícil. A gente tinha chegado lá, já tinha lançado o primeiro disco pela Warner, mas aquilo não havia mudado nada. Nosso trabalho parecia não evoluir. Tínhamos a possibilidade de fazer o *Rappa Mundi*, nosso segundo disco, e estava quase certo de o Liminha produzir. Eu sabia que ia ter problemas em todos os sentidos, não só pelo controle que ele exerce na obra das pessoas como pela minha musicalidade rasteira.

Comecei a conversar com o Waly e fomos achando várias afinidades. Eu já sabia que ele podia ser um mestre por tudo o que representava, mas não sabia que ia me eleger como pupilo e com tamanha gentileza. Nesse dia, quando voltei para casa, ele me ligou e disse que tinha escrito uma poesia para mim. Tenho verdadeiro orgulho de ter uma poesia feita pelo Waly Salomão! E, no primeiro livro do Omar, ele também dedica uma a mim. Elejo o Omar o filho que não tive, ele é muito uma continuidade do pai.

Sofri muito quando o Waly morreu, e o engraçado é que fui ao velório e paguei o maior mico. Chorei para caralho e vi o Gil, o Caetano, e eles estavam bem. Deviam estar tristes pelo ocorrido, mas, por serem mais velhos, já haviam superado esse tipo de perda outras vezes – eu não. Perdi poucas pessoas realmente importantes.

Waly foi quem me entendeu na dificuldade. Chegou para mim e disse: "Você é bom de fato. O que você escreve é relevante, tem importância. Não é só música pop, tem importância. Faz o disco com o Liminha que vai ser bom." Tive um monte de problemas com o produtor, mas foi uma experiência fantástica. Hoje entendo que eu tinha que passar por aquilo. O Liminha tem total importância na minha carreira.

Fui ao encontro dele em pânico, mal conseguindo subir a ladeira do estúdio. Cheguei, fui para a cozinha e falei: "Estou muito nervoso e com medo de você. Não é um medo suficiente para deixar você ganhar, porque senão estava tudo resolvido. Estou com medo porque eu sei que a gente vai sair na porrada, que vou peitar você sempre, em todas as decisões. Estou morrendo de medo!" Ele me respondeu lindamente: "Você deve ter ouvido que briguei com tanta gente, com o Herbert, com a Fernanda, com não sei quem... Eu só brigo com aqueles que admiro, aqueles que têm força artística. É por isso que a gente vai brigar." Entendi tudo.

Foi o Waly quem me deu força para trabalhar com o Liminha. Ele era generoso o suficiente para me deixar viver ao seu redor, em torno da profundidade e da sabedoria dele. Uma vez entramos na Livraria Letras & Expressões, que funcionava madrugada adentro no Leblon, e lá estava o crítico de música Tárik de Souza. Eu morria de vergonha do Waly, que sempre foi muito escandaloso. Ele me perguntou se eu conhecia o Tárik. Respondi que não. Ele se pôs a gritar: "Tárik, Tárik, você conhece o Yuka?" Tárik também não me conhecia. Waly continuou falando sem parar, como se eu fosse o último biscoito do pacote, e o Tárik só escutando. De minha parte, estava morrendo de vergonha. Quando acabou, falei: "Waly, você está maluco?" Ele: "Não, as pessoas têm que saber quem você é. Um absurdo o Tárik não conhecer você. Todo mundo precisa conhecer o Marcelo Yuka."

Waly me indicava livros, textos, autores. Ele foi uma das primeiras pessoas a quem mostrei o que escrevia. Minha timidez sempre me acompanhou, mas com o Waly era praticamente impossível ser tímido.

Meus referenciais eram dois: Waly e Paulo Lins. Paulo Lins agora mora em São Paulo e Waly morreu. Eu sempre duvido de mim e, sem referencial, fico ainda mais inseguro quanto ao meu talento. Mas também é bom me jogar nessa escuridão. Sem referência, posso navegar livremente por outras coisas.

De qualquer modo, o peso do Waly é tão forte que sou órfão dele até no comportamento. Tinha coisas que ele me dava, por ser uma pessoa totalmente inusitada, de que sinto falta hoje. A gente fazia uma coisa que apelidei de TV fora do ar. Sentávamos no bar, começávamos a conversar sobre um tema e ele ia colocando todo mundo na conversa. A gente estava discutindo sobre a Palestina e ele perguntava para a mulher ao lado: "A senhora não acha?" E ria... Uma vez, a gente estava em um quiosque na praia e veio um garoto: "Você tem um cigarro?" "Não, eu só fumo maconha." O garoto olhou, surpreso: "Estou reconhecendo o senhor." E o Waly todo bobo... O garoto continuou: "O senhor é o Arnaldo Jabor." O Waly concordou: "Isso, sou eu." "Seu Arnaldo, quando eu falar na PUC que o senhor fuma maconha, ninguém vai acreditar." Waly não perdeu a deixa: "Pode falar para todo mundo! Só fumo maconha! Fumo muita maconha! Todo dia fumo maconha! Não vivo sem maconha!"

Waly era muito livre e me dava essa liberdade. Fazia com que eu confiasse no meu taco. Foi um mestre por tudo que passou a ser na minha vida, por ter sido a primeira pessoa que falou de mim como um poeta. Eu não sabia que a maneira como eu me expressava tinha lirismo. Para mim, tudo era interessante porque botava os bichos para fora, mas não tinha consciência do peso estético. Já tinha gravado o primeiro disco, todo mundo falava muito bem, mas não o suficiente para entender o que só agora tenho coragem de fazer: pensar nas palavras sem a música.

Eu conhecia parte da obra dele, algumas canções. Mas ele em si era a sua maior obra. Waly era uma obra de arte. Foi a primeira vez que vi que podemos ser malucos tendo consciência da loucura. Ele sabia tirar proveito da própria loucura e investia nisso. Foi também a primeira vez que vi um homem-obra consciente de que era um homem-obra.

Atualmente é muito fácil ser artista – e mais fácil ainda ser falso artista. Não quero julgar a obra, se aquilo é bom ou ruim. Quero julgar a capacidade de entrega da pessoa à arte, sem amarras, sem mentiras, sem truques. Como ela consegue ir e se jogar. Odeio música sertaneja, mas conheci uma dupla em Goiás de que nem lembro mais o nome, mas que me emocionou porque o que fazia era de verdade. O belo de ser artista depende de uma resposta: até onde você é capaz de ir pela sua arte? É absurdamente mágico o que o Waly era – em cada loucura, cada risada.

Eu frequentava Vigário Geral direto e fui uma vez com ele na mesma van, partindo do Leblon. Fomos acompanhados de outras pessoas conhecidas e todas, naquele momento, estavam chocadas com a violência, não sabiam o que iriam encontrar ao abrir a porta do carro. Quando chegamos, em meia hora, parecia que ele tinha sido criado ali. "Vamos tomar café na casa de dona Fulana." E eu: "Você conhece dona Fulana de onde?" E ele: "Acabei de conhecer. Esse é o filho dela." Esse é o papel do artista de fato: não teme, não erra, não tem nojo do copo, se comunica. É uma coisa muito maior, uma entrega total. Você tem que ter bagagem para isso.

Waly podia falar com um filósofo alemão e 20 minutos depois visitar a dona Fulana em Vigário Geral como se estivesse em casa em ambas as situações. Naquele momento, eu só acreditava que quem vinha de lá, de Vigário, pudesse ser bem aceito aqui – não o contrário. Não via essa honestidade de fato. Hélio Oiticica já tinha feito isso na Mangueira, e não como um tratado sociológico, antropológico. Misturou vidas e comportamentos – tudo pela contracultura, pela bandidagem, pelas drogas, pela homossexualidade, com uma abordagem muito mais radical que a minha. Ele foi meu mestre e potencializou isso em mim.

No caso do Waly, muito do nosso encontro, da admiração, do que ele viu no meu trabalho, veio por essa busca pela contracultura – tanto que o impulso de me telefonar tinha vindo da tal foto de capuz. Waly sempre mexeu no caldeirão. Dizem que foi ele quem apresentou a Mangueira a vários artistas baianos, e Hélio Oiticica teve aquele momento histórico em que pôs a população da Mangueira vestida com os parangolés, e o diretor do MAM falou: "Isso não cabe aqui dentro. Essas pessoas não podem entrar aqui!" Ao que o Hélio respondeu: "Então a minha exposição vai ser fora." E acabou levando tudo para fora do museu.

Atualmente, com a UPP, muita gente vê a favela como turismo. Essas pessoas, como Waly e Hélio, não viam assim. Elas misturaram a vida, meteram a mão e, ao mesmo tempo, tiraram dali a estética, a poética, o lúdico. Para que isso aconteça é preciso haver este encontro que valorizo hoje na arte: se jogar, juntar o viver com o produzir arte e foda-se! Hélio escondeu o Cara de Cavalo em casa e depois fez aquela obra lindíssima "Seja marginal, seja herói". A frase nem é tão grande, mas é bela.

Nem sempre nos damos conta da real importância das coisas. Se não estivesse escrevendo, jamais teria dimensionado o peso da contracultura na minha vida. Por exemplo, li que o Nelson Rodrigues, que era capaz de ver uma perversão sexual e emotiva em cada relacionamento, foi casado com a mesma mulher até morrer. Mijou fora do penico algumas vezes, mas, no seu cotidiano, era muito certinho. Eu, de certa forma, sou assim. Zé do Caixão começou a fazer esses filmes de terror porque morria de medo. Quem diria? Às vezes, é mais fácil admirar a margem do rio se você estiver do lado oposto. O mais bonito de ser Vasco é poder ver a torcida do Flamengo toda de frente. Eu consigo admirar e perceber porque, de fato, não pertenço a isso.

Estou há cinco anos sem tomar antidepressivos. Há pouco tempo, falei: "Só unzinho e tal..." Mas não tomei. Não porque possa fazer mal, mas porque tenho outras ferramentas. Quando penso sobre isso, acabo pensando no último assalto, em 2009, quando fiquei jogado no chão. Ali entendi que esse é o meu caminho: sou o cara para viver, para sentir, para narrar a interseção deste Rio de Janeiro sem pender para um lado nem para o outro.

Nunca narrei a violência como num filme de ação, o que, muitas vezes, o hip-hop faz – o reprimido copiando o modus operandi do opressor. Nesse dia do assalto, caído no chão, vi que este devia ser meu carma: viver e narrar a violência urbana que nos cerca. Foi uma situação cômica, não fosse trágica. Mas isso eu tiro de letra. Sou mestre em rir de mim mesmo. Tinha ido com o Batata, um enfermeiro que trabalhou comigo, e com o Paulão, um amigo, à padaria da esquina da rua Uruguai, pertinho de casa. Eu estava ao volante. Estacionei e eles foram comprar pão. Fiquei esperando no carro. Eram umas seis da matina e a gente voltava para casa. Estava cansado e deitei a cabeça no volante. Chegaram dois bandidos, um de cada lado do carro. Estavam nervosos e foram gritando para eu sair. Tentei explicar que era paraplégico, não tinha como sair. Acho que eles pensaram que eu estava de sacanagem. De minha parte, eu me mantive extremamente calmo – como se estivesse vendo um filme. Parecia que eu era um espectador e que aquilo não estava acontecendo comigo. Eles me deram porrada na cabeça e na barriga, e eu gritando que não tinha como sair, que era deficiente. Os dois estavam nervosos e nem queriam saber. Foram me puxando para fora do carro. Eu caí na rua, mas um dos meus pés ficou preso dentro do carro. Minha sorte foi que o bandido não sacou que o carro era automático. Ele não conseguia colocar o automóvel em movimento. Foi minha sorte, pois, se eles arrancassem, eu seria arrastado como aquele menino, o João Hélio. Acabaram desistindo. Saltaram do carro e fizeram menção de correr. O que tinha me dado mais porrada voltou e disse: "Foi mal. Não posso te deixar caído aí no chão..." O cara queria me ajudar a levantar! Foi me agarrando para me erguer, e eu dizendo para ele me largar. Ele insistia em me levantar, e eu tentando me desvencilhar. Enfim, falei para ele: "Sai fora, meus amigos já vão chegar. Sai fora antes que a polícia chegue." O cara tentando me ajudar e eu falando para ele fugir. Inacreditável!

O mais engraçado foi depois, na delegacia, onde eu tive que fazer o retrato falado dos bandidos. Eu só me lembrava do rosto do que quis me ajudar. Dei uma descrição totalmente errada: não ia entregar o cara que tentou me ajudar! Ali eu percebi que essa questão de violência, segurança, se confunde com a minha vida de uma forma quase inevitável. Em vez de me afastar disso, achei melhor aceitar que devia ser um porta-voz do assunto. Nesse mesmo dia, à tarde, convoquei uma coletiva de imprensa e assumi esse meu carma.

No chão pela segunda vez, nove anos depois, entendi que não era mais coincidência ou destino, era o que eu tinha a fazer. Gosto muito quando as pessoas me procuram para falar sobre outros temas que não sejam apenas violência urbana ou desequilíbrios sociais. Mas entendo que minha vida e meu destino, inevitavelmente, se confundem com isso.

Meu amigo Orlando Zaccone

Orlando é policial. Não tenho nada contra policiais, acredito que eles são apenas um sintoma desse sistema econômico que tem como regra botar pobre no lugar. E esse lugar é, geograficamente, onde a classe dominante pensa que é: em cima do morro, na cadeia ou embaixo da terra.

Compus a música "Tribunal de rua" depois de tomar uma dura. Estávamos eu e dois amigos vindo do Estúdio Totem, onde a galera ensaiava. Nós, o Planet Hemp, o Chico Science, o Farofa Carioca... Levamos uma dura quando estávamos indo comer na Tijuca. O policial deu um tapa na cara do Nuts, DJ meu amigo, que hoje toca na banda do D2. Naquele momento, me toquei do seguinte: eu tenho o mesmo problema em relação à polícia que o meu pai, que o meu avô... Como pobres, fomos aprendendo a viver na rua com esse temor de sermos abordados pela polícia. Isto foi o que mais me bateu naquela hora: ver que tudo continuava igual. Não foi a dor em si, mas o que me fez escrever "De geração em geração, todos no bairro já conhecem essa lição" foi a constatação de que, possivelmente, se eu tivesse um filho, ele também viveria esse temor. Se ponderasse similaridades com meu avô, uma delas seria essa horrível afinidade de ter medo da polícia só por sermos pobres. Sempre tive um senso crítico muito forte sobre isso, mas a vida me tornou amigo de um policial, o delegado Orlando Zaccone.

Conheci o Zaccone quando ele tinha acabado de se casar com a Dadá, filha do Nilo Batista. Eu estava com a Joana. Não tinha nada na geladeira e havia um mercado 24 horas perto de casa. Quando cheguei, Orlando estava lá também. Já tinha estado uma vez com ele, que, por sua vez, havia me procurado assim que se tornou delegado titular da 19ª DP. Temos um amigo em comum que é hare krishna, como o Orlando.

Ele veio conversar comigo sobre a ideia de criar um terreno comum às diversas facções do crime, algo como um torneio de futebol de comunidades. Na época, era muito mais difícil que agora. Seria o "Torneio de Futebol Marcelo Yuka". Ele queria meu nome no campeonato. Sempre tive envolvimento com favelas, mas na cadeira de rodas era mais complicado: como subir o morro e andar nas vielas? Até houve época, já depois dos tiros, em que fiquei ligado à Rocinha, onde tenho muitos amigos. Praticamente deixei de ir depois que tive que subir numa laje no fim do morro. Aquilo me doeu para caralho.

Apesar de tudo, topei a ideia e começamos a trabalhar. O campeonato não deu em nada, mas nossa união rendeu muitos frutos. Montamos uma ONG chamada B.O.C.A. – Brigada Organizada de Cultura Ativista. Começamos a desenvolver alguns trabalhos com presidiários, algo que não é de praxe para um delegado. Os delegados normalmente nem descem na carceragem, muito menos vão a um presídio. Em mim, a iniciativa proporcionou uma sensação boa. Embora tivesse o direito de alimentar um grande rancor por essas pessoas, não o fiz. Não tenho esse rancor em mim, o que me dá muito orgulho.

Foi o início de um diálogo forte, porque eles notavam todo o esforço que eu tinha que fazer para estar lá. Conseguimos montar uma biblioteca. Orlando fez, ele mesmo, a obra do telhado. Acabamos saindo para outras unidades prisionais, realizamos diversos eventos. É um trabalho maravilhoso, que ainda hoje prossegue.

De qualquer modo, chegamos à conclusão de que não é possível investir nesses lugares. Eles não são habitáveis, o que não deixa de ser uma incongruência. Orlando se afastou do cargo, que era o que permitia trabalharmos daquela forma. A última ação foi quando os garotos do funk proibidão foram presos. Levamos os hare krisnha ao presídio e juntamos com uma roda de funk lá dentro. Misturamos hare krishna e proibidão. Pude falar na cara daqueles funkeiros que o que eles cantavam, o que eles diziam, não significava absolutamente nada para mim.

Esses proibidões são uma estupidez, mesmo que eu entenda que existe o direito de falar. Os funkeiros são vistos pela sociedade como seres mais próximos de um traficante do que de um artista. Acabam mais censurados que os outros artistas – como os comediantes de Ipanema, por exemplo –, ainda que possam ser igualmente irreverentes. Os funkeiros têm perfil de traficante; os comediantes, não. O traficante tem o direito à morte. O direito a reclusão é raro.

Tive um primo que sumiu. A mãe, quando foi procurá-lo na delegacia, ouviu perguntas muito emblemáticas: "Qual a idade dele?" "Dezoito anos." "Morador de onde?" "Guadalupe." "Ah, isso é droga." É como se ele tivesse uma razão para morrer, o que não existe na Zona Sul, onde há uma razão para viver.

O Orlando estuda essas questões e tem uma visão muito humana de tudo. Ele é espiritualizado, o que não se espera de um delegado. Assim, de alguma forma, também é um outsider. O que me seduziu nele foi isso, assim como a poesia no caso do Marcinho VP. Bandido que gosta de poesia? Delegado hare krishna? Lados completamente diferentes da mesma moeda. Para a sociedade, eles são inimigos. Para mim, não.

Diversas vezes vi o Orlando fazendo coisas que colocariam a carreira dele em risco. Isso só aumentou a minha admiração. A amizade cresceu também por outros motivos – ele tem muito senso de humor, um humor periférico, descentralizado. Como o do Paulo Lins. É assim: na Zona Sul, o Eduardo vira Duda ou Dudu. O Cláudio vira Claudinho, Dinho. Onde fui criado, os apelidos eram: Olho de Boi, Já Morreu, Cabeção. Não é uma coisa legal, de lar, que extravasa para a rua. Não! O apelido vai justamente naquilo que o cara tem de feio, de pior, de deplorável. Você tem que se defender, e a rua me ensinou a ter jogo de cintura. Sempre fui magro e feio. Então era o Lombriga!

Certa vez, fui dar uma palestra em São Paulo e um professor me apresentou como "o Mano Brown que estudou". Fiquei com vergonha e não sabia como me comportar. Pareceu-me arrogante demais em relação ao Mano Brown e a tudo o que ele representa. De alguma forma, a opinião pública comprou uma imagem minha. Muitas vezes, na mídia, quando alguém me chama para dar entrevistas, é para falar sobre assuntos contundentes – e tenho que me comportar de acordo. Esse papel acabou me cabendo.

Conviver com o senso de humor de gente como o delegado Orlando me injeta normalidade. São pessoas que se preocupam comigo, com a minha condição física. Querem saber como vou entrar nos lugares, me manter de grana... Esses amigos me deixam em pé. É um humor que não me poupa de nada, mas que existe dentro de um contexto de carinho e de respeito. Fazem piada com a minha situação – e eu adoro.

Orlando me visita toda semana. A arma fica do lado de fora. Sou o Zé Galinha. E isso não por arrogância minha. É que, mesmo sendo ferramenta de trabalho dele, a arma tem um significado, simboliza algo, e eu tenho o direito de não conviver com isso. Em frente à minha cama, tem uma placa onde se lê: "Não fume." Eu queria botar outra aqui: "Não confunda o seu amor com ódio."

Nessa última vez em que fui assaltado, quando uma perna ficou fora do carro e a outra dentro, naquele momento, deitado no chão, algumas coisas ficaram claras. Não tirei conclusões sobre a violência urbana, mas sobre as sequelas ásperas desse sistema econômico e da minha condição no carma urbano. Entendi também que existem poucos deficientes com a visibilidade que tenho. Não dá para virar as costas a isso. Resultado: se tiver que ficar seis horas num aeroporto para que seja tomada a atitude correta, vou ficar. Em última análise, é um compromisso comigo que eu também busco em todo o meu trabalho. Tento ser útil às pessoas.

Quando tomei a frente, os clipes d'O Rappa deixaram de mostrar apenas a banda. A gente não precisava aparecer. Esse processo audiovisual gerou discussões, principalmente com o Falcão, que pode até ser meio desequilibrado, mas não é o maior vilão. Quando ele viu a edição do clipe da música "Minha alma", saiu batendo porta. Estava putaço, indignado porque havia pouca imagem dele.

Agindo assim, aprendi a lidar melhor com a fama e com tudo o que a acompanha. Tenho muito sentimento de culpa com dinheiro. Existe uma música muito legal, do cantor jamaicano Horace Andy, cujo refrão é: "Money, money is the root of all evil." O dinheiro é a raiz de todo mal. Eu acabo trabalhando não só para me manter, mas para que os outros tenham o que posso dar de melhor. É uma forma de socializar o dinheiro e de ver aquele papel-moeda mais bem aplicado. Os clipes me deram isso. As canções me deram isso.

Meu compadre Paulo Lins

Com o Paulo, a amizade se deu de uma forma bem diferente da que me uniu ao Zaccone. Quando meu pai se casou com a mãe do meu irmão mais novo, ela era professora em Angra, militante política e amiga do Paulo Lins. Mas não o conheci por causa disso, foi sua obra que me arrebatou.

Vi uma reportagem na TV sobre um livro e, assim que ele foi lançado, fiquei fascinado. Impressionado mesmo com toda a epopeia. Comprei o livro, que se chamava *Cidade de Deus*. Lendo, me dei conta de que as minhas brincadeiras eram mais parecidas com os jogos dos garotos da favela do que com os do asfalto. Toda a primeira parte do livro narra uma infância que eu poderia ter tido – e que tive, de certa forma. Isso acabou fortalecendo nossos laços.

Um dia, Ana Buttler, grande amiga e, à época, gerente artística da MTV, telefonou pedindo a sugestão de alguma pauta legal para eles gravarem no Rio. Não pestanejei e falei do livro: "Vocês têm que procurar esse Paulo Lins, que escreveu um livro sensacional sobre a Cidade de Deus." Ela continuou: "Então vamos fazer. Você entrevista ele?" "Lógico!"

A entrevista foi na CDD, na Cidade de Deus. Ele não morava mais na favela, mas o bacana seria gravar lá, andando pelas vielas, pelas locações que ele descrevia. Quando íamos começar a entrevista, ele falou: "Conheço seu pai, já fui à casa dele." Com essa ponte, estava criada a intimidade. Ali também o Paulo me contou algo que sempre ouço: professores usam as minhas letras em sala de aula. Isso realmente me dá muito orgulho. O que pode ser mais importante? Vai além de sensibilizar, de comunicar. O texto ganha uma função atemporal. Acabei me vendo como um Carlos Drummond de Andrade!

Em outra ocasião, estava trabalhando com o AfroReggae em Vigário Geral e precisava fazer uma pré-entrevista para o Jô Soares. Naquela época, o celular só pegava numa boca de fumo, e eu precisava esperar que me ligassem. Sempre detestei esse negócio de boca. Mas Flávio Negão, o bandido da comunidade, aproveitou que eu estava por perto e veio falar das minhas letras, me elogiar. Nesse mesmo dia, saí de Vigário e fui para uma reunião no Bar Lagoa, na Zona Sul. Quando estava entrando, o Pedro Bial e a esposa dele vieram falar comigo e ficaram o maior tempão comentando minha poesia. E eu pensava: "Caralho, em uma ou duas horas, os dois extremos da cidade vieram me dizer que entenderam e se emocionaram com a minha poesia: o bandido e o Pedro Bial." Muitas vezes, precisamos do ponto de vista de alguém de fora para entender e conferir um significado maior ao que fazemos. Então vi que eu era mesmo uma das pontes para juntar esta cidade partida.

Andando pelas vielas da Cidade de Deus com o Paulo Lins, fomos à "Casa Mal-Assombrada" e todos os picos que ele descrevia no livro. Rodamos a favela inteira e pude conhecer alguns dos personagens. Tivemos uma empatia imediata, conversamos o tempo todo e seguimos assim mesmo depois da entrevista. Ali viramos irmãos. Sou padrinho da filha dele e da filha do Zaccone.

Paulo foi o primeiro – junto com o Waly – a insistir na ideia do poeta. Ele falava: "Isso aqui não é uma composição de música: se você tira a melodia e coloca no papel, faz sentido. Faz um sentido maravilhoso. Acho até que a música tira um pouco do foco do sentido do teu texto." Ele me fala isso há mais de dez anos.

Paulo é mais próximo, mais lado a lado. Ele passou a ser a minha referência na poesia e também escreve uns poemas que não mostra para ninguém. Mesmo quando escreve em prosa, como no *Cidade de Deus*, leio umas partes que me soam como poesia pura. Esse lirismo periférico me aproximou muito dele. Paulo desenvolve as mesmas construções poéticas que eu e compartilha as mesmas influências. Só fui ter dinheiro para livro muito tarde, não tinha referências sólidas de poetas. Paulo passou a ser a primeira. Além disso, ele também fazia as tais junções que tanto me cativam. O livro dele sobre a Cidade de Deus virou filme indicado ao Oscar de Hollywood. Quer ponte maior que essa?

Tudo o que fiz sempre foi totalmente intuitivo. A partir do Paulo, encontrei um novo vício além do vinil: os livros.

Houve outro momento marcante, quando uma socióloga fez uma entrevista conosco, pouco antes dos tiros. Ali, curiosamente, nós dois confessamos sentir medo. Temíamos não voltar para casa. A explicação estava no fato de que começávamos a ter bens, tínhamos o que perder. O medo era também de ser essa ponte, há riscos nessa ação.

Paulo sempre fala, mesmo brincando, algo que me incentiva: "Você tem vergonha de ser famoso; eu não." Ele discute diretamente com a minha culpa, me desafia. Se eu batalhei, qual é o problema? Até pouco tempo, não me sentia bem na Zona Sul. Mesmo depois da fama, não gostava de estar além-túnel. Sempre me pareceu outro país. Tinha medo, tal e qual um estrangeiro, de não saber me comportar, de não ser entendido naquele universo que conquistava junto com o Paulo. Tampouco queria ser absorvido por aquela cultura.

Para quem conhece o Rio, geograficamente existe um momento em que, indo da Zona Norte para a Zona Sul, parece que se está numa ponte, ao atravessar o elevado Paulo de Frontin. Quando se sai do túnel, do lado da Lagoa Rodrigo de Freitas, é tudo iluminado. É absolutamente lindo sair do Túnel Rebouças e dar de cara com a Lagoa. No entanto, quando o sentido é o oposto, a imagem é escura, cercada de prédios colados ao viaduto. O túnel é realmente uma passagem que eu e o Paulo vivemos atravessando.

Bombas sobre o céu de Wall Street

Meu medo continua por aqui. Quando aconteceu o assalto de 2009, porém, fiquei calmo, meio apático, algo que até me espantou, pois ficar nervoso é também uma forma de defesa. Pensava: "O que de pior pode me acontecer? Se eu morrer, nem sei se será pior."

Já refleti diversas vezes sobre a morte. Mas, quando se pensa em suicídio, é diferente, porque, nesse caso, nós temos – ou teríamos – o controle. A morte que você não sabe onde vai encontrar dá um grande temor. Neste tempo de cadeira de rodas, experimentei esse medo pela primeira vez. Ao menos por uns seis anos, o que eu queria mesmo era morrer. Quando o assalto se apresentou ali para mim, eu tinha uma leitura dos códigos, eu já sabia o risco que corria.

Na minha última internação, não conseguiram um quarto para mim. Fiquei na enfermaria. Ouvia as pessoas sofrendo e, mais uma vez, tive medo de morrer. Acabei fugindo depois de uma reação adversa a uma injeção. Foi quando senti falta de ar e uma dor enorme, talvez a maior de todas. Chamei os médicos e apenas ouvi: "Reação adversa é assim mesmo, daqui a pouco passa." Decidi então chamar meu enfermeiro e fugi para o carro, que estava no estacionamento. Liguei o ar-condicionado, coloquei o banco numa posição que não me incomodasse tanto e fiquei três horas sentado até aquele quadro se reverter. Tive pânico da morte e, naquela hora, me veio novamente o que o Paulo tinha dito: eu tenho coisas a perder.

Mesmo neste estado, ter a pulsação é o meu tesouro, é *o* sonho. Tenho sonhos de novo, e eles me incluem. Mesmo no hospital, fodido, escrevi "Ninguém regula a América". Eu estava refletindo, não estava sonhando.

Corri risco de vida por conta da quantidade de água no meu pulmão. Mas eu também precisava pensar em outras coisas, não só no que se passava comigo. Precisava me ligar ao homem que eu era. Estava completamente desnorteado, não sabia como seria o meu futuro e cogitava até atentar contra a minha própria vida. Precisava me religar ao mundo.

Não sei ao certo se foi uma notícia no jornal, mas alguma coisa alavancou o tema: vi que era necessário ter outras preocupações. No que escrevi a letra, já sabia que a música tinha que ser com o Sepultura. Eu tinha tempo, pois ficava o dia todo na cama, pensando. Escrevi a letra e fiz a linha de baixo na cabeça. Liguei para o Lauro, baixista d'O Rappa, e cantei. Foi o primeiro trabalho que fiz depois do acidente.

Essa linha de baixo é bem simples, mas eu sabia que era o que poderia ligar o nosso som ao do Sepultura. Era nela que nosso universo poderia cruzar com o deles. Podíamos até ter atitudes similares, mas o som das duas bandas era bem diferente. Então ali estava o ponto de interseção. Depois o Falcão botou uma melodia bem interessante e todos entraram com seus talentos.

A música ficou pronta poucos dias antes dos atentados do 11 de Setembro e um verso fala de "bombas sobre o céu de Wall Street". A canção foi lançada no *Fantástico* como a nova música d'O Rappa com o Sepultura. Uma semana depois veio a derrubada das Torres Gêmeas. Resultado: recebi uma das propostas mais loucas da minha vida. Um cara de uma revista esotérica me ligou como se eu tivesse previsto o atentado. Ele fez uma relação com essa música e também com o fato de eu ter escrito "Eu desafio o mundo sem sair da minha casa" antes de ter sofrido o acidente. Até hoje a música continua atual: são os "satélites de cima vigiando todos os atos de rebeldia".

O grito e o medo de ficar vivo

No começo, logo depois dos tiros, o sentimento mais forte foi a autopiedade. O pensamento é cartesiano, católico, cristão: "Se eu dei coisas boas, por que as coisas boas não chegaram até mim? Como fui ter um destino como esse?" Havia outra questão: até então, eu era o resultado de sonhos que tinha desde criança. E o sonho de ninguém comporta a realidade de ter virado um aleijado. É um corte. Nunca tinha imaginado tamanha fatalidade.

Eu tenho bastante medo de morrer, mas algumas situações por que passei foram bem mais dolorosas do que a morte deve ser: é o medo de seguir vivendo. O que se apresentava no jogo da vida era muito mais assombroso do que a ideia de morrer. Não sei quantas pessoas são levadas a isso... Em alguns momentos, eu realmente tinha mais motivos para querer morrer do que para viver. Achava que minha mãe sofria demais por me ver numa cadeira de rodas. Minha conclusão era que, se eu morresse, ela passaria uns dois anos péssima, mas seguiria a vida. Eu pensava: "Por que continuar assim?" É difícil constatar que se tem bons motivos para acabar com a própria vida. Acorda-se e dorme-se todo dia tendo que lidar com eles.

Há filmes que retratam a Primeira Guerra Mundial como uma guerra de trincheiras, em que ainda havia contato visual. Por causa disso, ela teria sido mais dolorosa para os soldados do que a Segunda Guerra, quando também havia mais válvulas de escape, como as drogas. Na Primeira Guerra, tal como mostram os filmes, os soldados estavam na mesma situação em que eu me via: presos na lama. Você sabe muito bem de onde vem, mas não sabe se vale a pena prosseguir. Não dá para voltar, mas também não é possível seguir em frente. Meu quarto no hospital era uma trincheira – eu sofria os bombardeios sem ao menos o consolo de receber a cartinha de uma mulher.

No momento dos tiros, na hora do acidente, me veio um sopro de vida: eu sabia que não ia morrer. Via nos olhos dos outros o contrário, ouvia nos cochichos o contrário, via no meu corpo o contrário, mas sentia o tal sopro de vida, a pulsação. Este é um dos momentos mais corajosos da epopeia que é viver – o momento em que só você é capaz de dizer para si mesmo: "Não vou morrer, não quero ir agora, vou lutar."

Um ou dois dias depois, estava com minha namorada quando uma enfermeira veio fazer um cateterismo. Ali foi o primeiro choque de algo que até hoje é difícil. O normal é ter o ímpeto de fazer as coisas, o intuito, o impulso. Tenho até hoje, mas fico quietinho, sob o terror desse impulso. A mulher começou a fazer o cateterismo e lá fui eu mijar no canudinho. Passou a ser assim para sempre.

Logo depois, encostei e me dei conta de que o meu cabelo todo tinha começado a cair. Se passasse a mão na minha perna, caíam todos os pelos, tudo. Eu devia estar num nível de estresse fenomenal, fora o fato de a circulação sanguínea ter que se adaptar a um novo corpo.

Uma semana depois, num determinado dia, doía aqui, doía ali. Doía demais. Muita dor. A respiração ia faltando. Eu com a minha namorada do lado. Aí saiu um: "Ahhhh!" Um "Ahhhh!" de verdade. Um grande grito. Meu maior grito! Veio não sei de onde.

Meu maior medo é encontrar esse grito de novo. Temo esse grito mais do que a morte. É o horror de ter motivo para soltar aquele grito. Ele me deixou sequelas: não fui eu que soltei, foi ele que saiu. Esse grito acabou me lesando mais que os tiros.

O grito sai e leva o que tem que levar. Mas esse saiu e não levou nada. Ele foi disparado e o motivo da existência dele ficou em mim. Todo dia eu peço a Deus e faço as minhas meditações para que não me encontre com ele de novo.

Esse momento do grito me deu outra dimensão da vida e da morte. Daí em diante, passei a desdenhar da vida, e isso foi o pior. Sempre fui fissurado em praia, sol, pegar onda, sexo, fazer música. Mas isso começou a mudar. Eu só queria estar perto de plantas e cachorros. Estar na cama, olhar para o lado e ver uma folha me dava e ainda me dá uma sensação de vida. As coisas que mais me faltam são simples – sentir a grama sob os pés, por exemplo. Eu me lembro dessa sensação, mas já não tenho tanta certeza.

Tive muitas namoradas depois da cadeira de rodas. Nesse período, continuei tendo relacionamentos, mas fui ficando assombrado. Não sabia como fazer, como me relacionar com aquilo. No período dos tiros, eu estava com a Maíra, que foi uma grande mulher na minha vida. Mas não sou mesmo bom com as mulheres. Com a própria Maíra, mesmo ela sendo uma leoa ao meu lado, eu não sabia como me comportar. Tinha muita vergonha, ainda mais depois dos tiros, com tantas cicatrizes. Na época, elas eram muito mais radicais, era como se não fizessem parte do meu corpo. Hoje foram absorvidas. Para completar, os músculos vão embora. Eu tinha calos nas mãos por tocar bateria. Quando os calos foram embora, eu chorei para caralho. Sabia que não voltariam.

Depois comecei a namorar a artista plástica Mana Bernardes. Foi uma paixão muito intensa, e ela habitava o mesmo mundo que eu. Foi a primeira vez que entendi que poderia ter uma vida sexual normal. Antes, eu trepava feito bicho. Na verdade, você passa um período de choque medular em que não sente nada. Ereção eu nunca perdi, mas não sentia. Além disso, usava fralda.

Saímos juntos pela primeira vez na Rocinha. Fomos ao "Visual", um local com uma jaqueira de onde se tem uma vista incrível. Foi interessante porque a Mana era direta. Eu estava trêmulo, começando a entrar em pânico. Mana tinha noção de que, de alguma maneira, eu estava num estado calamitoso. Mesmo assim, ela pulou em cima de mim cheia de tesão. Nem deu tempo de ter medo, ela me desvirginou antes.

Anos depois, fazendo uma consulta para entrar no protocolo de células-tronco, a médica me perguntou: "Você faz sexo?" Respondi: "Por que a pergunta?" E ela: "Porque os meus pacientes que fazem sexo são mais felizes." Falei para ela (por sinal, bem bonitona): "Sou músico. Já tive certa vivência, fiz quase todas as possibilidades de sexo e, quer saber?, isso não era sinônimo de felicidade para mim. Sempre errei com isso, sempre me trouxe taquicardia, adrenalina, não paz e serenidade." Eu não era feliz com a forma como me relacionava com o sexo e com tudo o que o cerca. Sexo é muito importante, mas não significa que você vá ser feliz. Senão, a Savannah, estrela do pornô americano, não teria cometido suicídio no auge da fama.

Eu tomava muito antidepressivo na época do namoro com a Mana. Um dia, minha médica falou: "Vamos desmamando?" Fui tirando os remédios aos poucos, até que parei de tomar. Só que certa quantidade de substâncias químicas ainda fica na circulação. Numa determinada ocasião, estava com ela numa boa quando, de repente, veio o grito. E veio de uma maneira terrível. Não sei exatamente o que o desencadeou. Eu estava apaixonado e acho que encontrei a limitação da minha condição. Eu não parava de gritar! E ela comigo.

No segundo dia gritando, Mana disse: "Vou lá em casa buscar uma roupa." Não voltou. Só telefonou três dias depois: "Yuka, não sou educada para isso. Não estou preparada." Ela não aguentou. Também não sei se eu aguentaria. A gente chegou a voltar, mas senti o peso desse grito, senti que ele afastava as pessoas de mim. Ninguém é obrigado a escutar o meu grito. Cada um tem seu limite, e isso foi difícil de entender. Acreditava que aqueles por quem sou capaz de dar um braço também seriam capazes de dar um braço por mim. Doeu demais me dar conta de que não era assim. Nesse momento, passei a cogitar seriamente dar um fim à minha própria vida.

No jogo da vida, eu tenho rabo de lagartixa

Eu não queria traumatizar ninguém com o meu suicídio. Queria também que fosse a coisa mais indolor possível. Elaborei várias formas. Lembrava muito a história de um médico que, quando a avó estava muito mal, chamou um colega que dava a tal injeção de potássio, teoricamente uma morte sem dor. Pensei que esse era o caminho certo. Mas essa injeção era muito cara, algo como 30 mil reais. Meu carro era o que eu tinha para dar. "Tudo bem", pensei. Tomei a decisão e fui até esse médico. "Você está maluco?", ele me disse.

A verdade é que o cara avalia se acha a pessoa merecedora ou não. Ele me deu a entender que, como eu era famoso, não queria se envolver. Dessa vez, foi mais que um pensamento, porque impulsos eu tive vários. Pular do carro foi algo que quase consegui. Numa outra ocasião, um amigo me viu chorando, querendo morrer, e me trouxe um 38 velho: "Está aqui. Agora, se for para fazer, faz direito. Você já tomou nove e tá aí. Se você der e só pegar de raspão, vai ficar retardado. Vai ficar aleijado e retardado." Na hora, achei engraçado, mas me deu medo de errar mesmo. Não queria correr o risco. Um tio meu deu um tiro na cabeça e a bala bateu no osso – não morreu e ficou surdo.

Houve um momento em que decidi: vou começar a me drogar. Eu não tinha nada a perder. Fui até a rua e comprei 48 latas de cerveja. Botei para gelar e tomei tudo numa madrugada. Acordei meio mal no outro dia. Na época em que vivia na Lapa, bebia muito. Depois de um tempo sem beber, você fica despreparado. Mesmo assim, passei a ficar meio doidão todos os dias. Era a maneira como eu queria viver. Mas isso foi comprometendo meus rins, meu fígado e meu estômago. Sentia um puta mal-estar. Aumentei a quantidade para passar por toda aquela adversidade. Só que comia pouco e fui ficando inchadão. Saía para beber e, muitas vezes, bebia em casa mesmo.

Um belo dia, marquei encontro com dois amigos no Serafim, bar na rua Alice, em Laranjeiras. Pedi um chope. Logo me senti mal, mal mesmo. "Preciso ir embora." Quando saí na calçada, olhei e disse: "Caralho, o enfermeiro me botou em cima do cocô de cachorro." Veio um garçom: "Porra, essa cachorra faz sempre isso aí. Vou matar essa cachorra." Conforme fui seguindo, via uma linha de bosta. Era eu: tinha me cagado todo sem sentir.

Naquele momento, eu tinha perdido toda a dignidade.

Não parava de gritar e me botaram dentro do carro. O Binho e o Felipe Rodarte, que estavam comigo, tiveram que me segurar pela gola da camisa, pois eu ia mesmo me jogar do carro.

Em Brasília, onde fui me tratar no Sarah Kubitschek, esse encontro com o grito durou muito tempo. Eu batia com a cabeça na parede, algo que fazia muito mal às pessoas que me amavam.

A teoria de ter coragem também é foda. As pessoas chegavam até mim falando de histórias que pouco me importavam. Comecei a ver que neguinho chegava, eu com dor grau dez tomando morfina, e o cara: "Estou com dor de cabeça." Foi então que elaborei a teoria do picolé de criança. Uma criança vem com um picolé. Ela deixa cair o picolé e começa a chorar. Aí você diz: "Não chora. Vamos ali que te dou outro picolé. É só um picolé." Mas a criança não quer outro. Ela quer o picolé dela que, por ter caído no chão, não pode ter de volta. É uma dor de perda quase como a de um ente querido. A criança não entende que o picolé não é único, então ela sofre. Grana você pode não ter hoje, mas amanhã sim. Decepção amorosa você pode ter hoje e amanhã não. Não é única, como o seu corpo, a sua vida ou o desespero de fato, a depressão em alto nível. Se você tem um problema que o dinheiro é capaz de resolver, o seu problema ainda é pouco, por mais dinheiro que seja necessário. Tenho muito mais medo do grito do que de qualquer desconforto físico.

Uma das ferramentas mais importantes nessa batalha contra o grito foi ter conhecido a meditação. Foi maravilhoso, e hoje ela funciona como um remédio. Comecei a ter rabo de lagartixa: vou me regenerando. A gente tem duas alternativas. Depois da cadeira de rodas, isso ficou ainda mais claro para mim. Antes, eu combatia, as minhas letras eram todas combatentes. Hoje tenho outra ferramenta: é o amor, é esse encontro. Quando entro em mim, me religo a algo que possa chamar de Deus. Sem nenhum processo religioso ou dogma, mas procuro ficar próximo a uma grande quantidade de amor, o que me alivia e me faz acreditar. Você tem duas opções na vida: aprender pelo amor ou pela dor. A sabedoria do amor não é só um sentimento.

Ernesto Guevara não se tornou Che Guevara de repente. Ele passou de um jovem de classe média alta, médico, a guerrilheiro. Não aconteceu por rancor, mas por uma puta quantidade de amor. Se ele, com isso, chegou a tomar atitudes extremas ou errou, não sei. O que me comove nessa história é a ingestão de amor que ele realizou. Esse amor tão forte, quando existe, é contundente.

Outro dia escutei a música do Criolo, aquela que diz não haver amor em São Paulo. Existe amor em você, onde estiver. Sou prova viva disso porque, se não tivesse encontrado esse amor, não sei se estaria vivo. Um estudioso me disse certa vez: "Sabe por que pessoas que procuram milagres nunca vão encontrar? Porque elas já são o milagre." O milagre humano vacila. Ele é capaz do melhor e do pior que há na natureza. A cabala também fala uma coisa bacana: o importante não é ver para crer, mas crer para ver. Atualmente, a crença não é estimulada, apenas serve como uma compensação – faça isso porque vai ter aquilo de volta. Não é com o intuito de comunhão.

Quando dei de cara com essa função do amor, rasguei o contrato com Deus. Buda dizia: "Só existe o caminho certo. Se você pegar outro caminho, é problema seu. A opção do errado não é uma opção. É desvio." A vida é batalhar para achar esse caminho certo. Ou então assuma as consequências.

Crendo nesses pensamentos, me deparando com esses sentimentos, me vejo novamente no jogo da vida, no jogo do acaso. Tenho muito amor em mim, mas também tenho um lado cartesiano, que me conforta em muitos momentos. Estes dois elementos – a busca do amor e do cartesiano – me emocionam. Eles não são antagônicos como parecem.

Nunca fui um cara ligado a dogmas ou misticismos. Sempre tive fé em Deus, mas isso nunca foi cultuado por mim. Era uma relação imposta por uma educação. Só depois comecei a entender que é possível existir o amor incondicional àqueles que não são os seus. Foi algo que constatei em pessoas que realizam, que se doam de fato. Isso mudou a minha vida.

Tenho um amigo que queria apresentar para todo mundo, o Mário. Ele vai pelo mundo afora bancando pesquisas e tratamentos. É uma das pessoas especiais que conheci depois dos tiros e que me ajudaram a seguir em frente e evoluir. Ele me auxiliou nesse renascimento.

Conquistei muitas coisas, mas muita gente não consegue ver essa evolução por conta do meu estado físico, pelas minhas dificuldades financeiras. Hoje sou imensamente mais feliz do que quando tocava no rádio. Parece que tudo o que passei foi para chegar neste momento. Tenho orgulho de todos os discos que vendi e dos sucessos que fiz, mas o que conquistei nesta nova vida é bem mais rico para mim. Eu poderia ser feliz se tivesse continuado naquele outro caminho, mas, como diz Buda, “não existe outro caminho”. Foi este o caminho que me trouxe até aqui. E ponto.

Este é o lugar onde, de alguma maneira, eu quis estar. A não permanência das coisas bate à porta. E na realidade esta é a única verdade: tudo é transitório. Mesmo com tudo isso que me aconteceu, eu agradeço quanto essa impermanência das coisas tem sido boa comigo. Meu saldo é muito positivo!

A origem da palavra entusiasmo quer dizer estar perto de Deus, estar cheio de Deus. E, quando estamos cheios de Deus, somos melhores. Quando estou mixando uma música, é isso que vou tentar – estar mais perto de Deus. Não se trata apenas de algo estético. Quero que a música arrebate e provoque outras sensações. É como admirar um quadro: você o olha várias vezes, mas sempre pode ver algo diferente a cada nova observação. Você vai ver diferente quando estiver entusiasmado.

Por isso digo que sou feliz. Porra, eu tenho muitos motivos para não ser, mas descobri essa felicidade. As coisas não são como simplesmente são. Fiquei anos sem olhar para o céu. Fiz até uma música para o meu irmão menor, que O Rappa gravou; chama-se "Uma ajuda". A letra é assim: "Meus olhos não aguentavam mais admirar o comprovado. / Encarar tantas verdades cruas é ver o céu pela metade. / No teu abraço contente, algo ficou diferente. / Pude sentir a poeira das coisas caindo um pouco distante da gente." Quando ele era pequeno, meu pai morava perto da praia, e o céu ficava realmente escuro. Ele pedia para ver a lua, olhava para ela e ria para caralho. Eu falava: "É a lua, Pedro." E ele ficava repetindo: "A lua, a lua." Eu achava graça: "Esse moleque é doido! Ele ri para a lua, ri da lua, ri com a lua." De alguma maneira, tenho que aprender a rir para a lua também. Fico querendo reproduzir aquela sensação do meu irmão pequeno.

Isso tudo me tornou uma pessoa bem melhor. É uma pena que tenha aprendido pelo caminho da dor. Agora a minha escolha é perceber o amor. Não vou precisar mais tomar um porre para saber que faz mal, não quero isso. A felicidade é evitar cair no grito. Não quero mais ter vontade de abrir a porta e me jogar do carro na avenida Maracanã. Não temo a Deus. Temo esse indivíduo que também está dentro de mim.

Quando eu precisar desafogar, vai ser com outro e não mais com aquele grito. Vivi anos assolado por ele em cima da cama. O tempo passava mais lentamente enquanto sofria deitado. Como você pode viajar para outras sensações se não consegue sair da sua cabeça? Eu não percebia o tempo e de repente me dava conta: "Caralho, passaram-se seis meses!"

O amor quebrando a minha cabeça

A primeira lembrança relacionada a mulheres – no sentido sexual – remete a uma época em que meus pais trabalhavam o dia todo e uma empregada ficava comigo e com meu irmão. Eu era criança e tinha o maior tesão por ela, mesmo sem saber o que era tesão. Aquela coisa platônica me atraía.

Amor mesmo se deu lá em Campo Grande. Eu tinha uns 7 anos e ficava o dia todo sentado no muro. Todo fim de tarde passava uma menininha com um cachorro pequinês. Ela devia ter a mesma idade que eu. Ficava esperando passar, corujando. Em frente à nossa casa, tinha outra casa com cachorros. Um dia, eles se soltaram e voaram em cima do pequinês. Heroicamente, pulei do muro. Resultado: tropecei num cachorro, bati com a cabeça no meio-fio e tive três fraturas de crânio. Meu começo no amor foi quebrando a cabeça.

A primeira casa em que morei ficava em frente à dos meus primos. Meu avô deixou uma para a minha mãe e outra para a minha tia. Os vizinhos dos meus tios tomavam conta da gente. Eram os filhos da dona Ana e do seu Jota: Regina, Ruth, Levy, Jeremias e Dalva. Os que já tinham 12 anos cuidavam de mim, do meu irmão e dos meus primos. Depois, quem crescia caía no mercado de trabalho. Todos eram negões fortões e nossos heróis. Levy, para acalmar a molecada, fazia o show de calouros. Muito da minha memória musical foi construída nas brincadeiras dele. As meninas dessa família não me despertavam nenhuma atração maior, afetiva ou sexual. Era tanto respeito e admiração que não dava para ter outro sentimento. Foram meninas que, de alguma forma, me apresentaram à maneira de as mulheres reagirem. Tanto que somos amigos até hoje.

No colégio, havia uma ou duas garotas que me despertavam alguma afetividade, mas eram colegas, nada de mais. Quando fui para Angra, tudo começou a mudar. Aos poucos deixei de ser um abestado. Uma das primeiras meninas com quem tive contato naquela época foi a Ana Cláudia, que se tornou amiga da vida inteira. Foi uma das pessoas cruciais quando tomei os tiros: apareceu feito um dragão e ajudou para caramba.

Foi na vila que comecei a construir as paixões. A primeira foi alguém que nunca mais vi, Claudinha. Ela era ligada em contracultura, uma outsider. O meu ideal já era o ideal torto. Ela aprontava e era apaixonante, mexia no cabelo de um jeito inesquecível. Durante muito tempo repliquei a Claudinha em outras garotas: procurava o mesmo tipo de cabelo, de silêncio, de gestos. Ela ficou ali na vila uns três anos. Dez anos depois, encontrei-a no Carnaval, numa vila de pescadores. Estava acompanhada de um primo. Parecia grávida, e eles querendo trocar um skate por drogas. Uma porrada de gente acampando, e aquilo passou batido pelos amigos que estavam comigo. Não por mim. Fiquei observando, apaixonado pelas lembranças. Foi mais uma paixão platônica. Claudinha se foi e passei a me interessar por aquelas que se mudavam para a vila, as meninas novas que chegavam. Me apaixonei por várias, praticamente por todas.

Perdi a virgindade com uns 16 anos, com uma empregada lá de casa. Meus primos vieram logo atrás. Tinha o maior medo, porque todos os meninos falavam como se não fossem mais virgens, mesmo sendo, principalmente meu primo Dedé. As primeiras peraltices sexuais que vi outro fazer foram obras desse meu primo. Meu avô jogava pela janela as guimbas, que caíam no quintal. Nesse mesmo quintal, Dedé "comia" a bananeira por um buraco feito a canivete, com uma foto da Vera Fischer colada na árvore. Depois que gozava, deitava no chão, cruzava as pernas, pegava uma das guimbas do meu avô, acendia e ficava por ali.

Para mim, pintou então a tal empregada. Eu tinha o maior tesão nela, mas não sabia o que fazer. Um dia cheguei mais cedo de um baile e ela estava lavando a louça. Contei uma história triste, não lembro o quê. E ela: "Peraí que vou buscar uma coisa no meu quarto." Fui atrás e pum! Engraçado foi que, quando entrei nela, quando meti, foi uma sensação ruim para caralho. Não sei por quê, mas foi estranho. No dia seguinte, no café da manhã, conversando com o Dedé, ele falou: "Não te vi ontem." E eu, cheio de marra: "Porque ontem eu estava fodendo." "Não! Todo mundo aqui é cabaço. Como assim você estava fodendo?" Botou a maior pressão e eu contei. E ele: "Caralho, todo mundo tentando comer ela..." Tirei onda.

Nunca transei com puta. Depois da empregada, foi em série. Várias meninas que estavam ali em Angra, na vila. Depois virou corriqueiro. Ao menos tanto quanto podia ser corriqueiro para um garoto igual a mim, magro e feio para caralho. Como era bem-humorado, ganhava na graça. Eu tinha que encontrar minha maneira de seduzir. Bolava também algumas festas e estava sempre ouvindo um som diferente. Várias meninas me emocionaram naquela época, mas passei batido por todas elas. Todas tinham um "inha" no nome: Albinha, Ritinha, Renatinha. Albinha era apaixonada por um amigo meu, o Márcio. Ela me deu um papel escrito assim: "Não tenho tudo o que amo, mas amo tudo o que tenho."

A primeira geração que saiu da vila para estudar foi a minha. As meninas que foram crescendo tinham aquilo: "Ah, esse é o garoto que está estudando no Rio." Isso as despertava muito. Namorei algumas. Uma foi a Mônica, que depois veio trabalhar em gravadoras e no Viva Rio. Era absurdamente linda, mas dei um vacilo enorme, tive um desvio de comportamento. Comecei a ficar, nessa época, muito próximo da Renata, namorada de um amigo meu do tipo "o cara". Ela veio estudar no Rio e, um dia, aconteceu um beijo no ônibus. No outro dia, não atendi o telefone e me fechei. "Caralho, que merda é essa?" Renata foi lá em casa e atendi como se nada tivesse acontecido. Ela então me chamou para dar uma volta de bicicleta. Ficamos um pouco em silêncio até que falei: "Isso aí acontece às vezes com pessoas muito próximas, não quer dizer que seja alguma coisa significativa." "Não sei para você, mas para mim foi." Quando ouvi aquilo, a perna tremeu. Começou uma coisa forte ali, talvez a minha primeira paixão de verdade.

Ficamos um tempo assim, com ela lá e cá, lá e cá, sem coragem para terminar com o meu amigo. Até que ela soube que uma namorada, uma menina com quem eu ficava, engravidara. E a menina não tinha certeza se era meu. Era bonito com a Renata. Ela foi a primeira pessoa com quem tive uma sintonia de verdade, era compreendido nos meus medos e fraquezas. Mas ela ficava pensando no que aquele incidente com outra menina poderia acarretar. Seria difícil dividir nossas vidas se eu tivesse de ir para um lado, casar, novinho, e ela tivesse de ir para outro. Eu tinha uns 19 anos.

Mesmo sabendo que a outra estava grávida e que poderia ser meu, ela terminou com o meu amigo para ficar comigo. A menina acabou decidindo abortar. Alguns anos depois do aborto, a gente voltou a sair para transar e aí durou mais algum tempo. Com a Renatinha, era outro lance, um namoro diferente porque, àquela altura, eu bebia um pouco demais, já era um cara meio camisa preta. O namoro acabou durando pouco, mas foi bem intenso. Viramos fofoca na vila. Todo mundo condenou porque eu tinha sido infiel ao amigo e ela também. Um dia, fui até a casa da Renatinha e ela já abriu a porta chorando. Perguntei o que estava acontecendo e ela não falou nada. Peguei então algumas coisas minhas que estavam lá, coloquei na mochila, dei um beijo e fui embora. Era o nosso fim. Logo depois ela voltou para o meu amigo e foi morar na Europa.

Fiquei arrasado. Foi a primeira vez que bebi cerveja sem companhia. Parei num bar e pedi uma garrafa. Percebi que outros faziam a mesma coisa. Entendi como a cerveja pode ser companheira num silêncio tão doído. Fiquei pensando: "Isso não pode ser maior que eu. Tenho que ter coisas na vida que sejam mais importantes do que isso." Quando saí do bar, já estava determinado a fazer os rascunhos que tinha na gaveta virarem canção. Era a procura de algo que fosse mais importante do que aquele sentimento. De lá para cá, foi quase sempre assim: substituir o medo de amar pelo trabalho. Um lugar para ir que não precise de outra pessoa. Isso foi tão forte que, em vez de virar remédio, se tornou veneno.

Boicotei quase todas as relações que tive depois. Trabalhar se tornou melhor do que estar amando. O rompimento com a Renatinha deixou danos. O medo virou praxe nas minhas relações. Foi num momento em que tinha vindo para o Rio e vivia um impacto tremendo. Estava completamente despreparado para a vida na metrópole.

Mônica e eu namoramos por um total de dez anos. Foi a mulher com quem fiquei mais tempo. A gente era muito diferente, mas trepava o tempo todo! Isso trazia muitos conflitos, muita posse, porque nenhum relacionamento pode se basear só nisso. Foi intenso, apaziguado pelo sexo e confuso também pelo sexo. Eram brigas de amor, juras, tudo isso embalado pelo sexo. Terminamos quando as procuras começaram a ser outras, ao entendermos que, por mais que a gente gostasse muito um do outro, era preciso encontrar outras formas de ser feliz. Só quando a gente tomou essa decisão fui ver a vida mesmo. Tive uma namorada atrás da outra, mulheres para caralho ainda antes de O Rappa acontecer e ser sucesso. Quando terminei com a Mônica, virei a página – me libertei da vila, das referências e das mulheres de Angra.

Veio O Rappa. Nós ainda não fazíamos muito sucesso, mas já viajávamos para tocar. Tive vários relacionamentos não só no Rio. Namorei a Letícia, de Curitiba. Era uma época de muito aperto de grana. Não ganhávamos praticamente nada nos shows, mas estávamos botando a banda na estrada, plantando. Algumas garotas iam ao camarim. Essa era sempre uma das melhores partes dos shows. Assim conheci a Letícia.

Conversando com um amigo, o camarim já ficando vazio, falei: "Por aquela porta vai entrar a mulher da minha vida." E entrou. Fui lá e, sempre tímido, soltei: "E aí, faz o quê?" Dei um oi, mas ela cagou na minha cabeça. Por sorte, um dos caras por ali a conhecia. Começamos a conversar e me apaixonei. Só que eu tinha uns 26 anos e ela, 15! Nem sei como conseguiu entrar. Um dos caras ia dar carona para ela. Pedi carona também. Fomos deixá-la em casa e eu tentei visualizar e guardar na memória aquele lugar, aquela rua, o caminho. Antes de ela sair do carro, dei o telefone do hotel em que estávamos hospedados. Pedi, mas ela não quis me dizer o número dela. Quando fui embora, perguntei ao cara, Renê, onde estávamos: "Aqui é Água Verde." A casa dela era de madeira antiga, igual a uma casinha de boneca. Guardei tudo no olho. No dia seguinte, perguntei se alguém tinha me ligado. Nada. Mudei minha passagem e não voltei com a banda. Liguei para o Renê, peguei mais ou menos o endereço e fui lá.

Cheguei, bati na porta e a mãe dela abriu: "Aqui mora a Letícia?" E ela: "Você é o Marcelo? Pode entrar." Entrei e vi que aquela casinha, que parecia de boneca por fora, por dentro era muito mais casinha de boneca ainda. Era tudo delicadinho. Moravam ela, a irmã e a mãe. Tinha também um irmão músico, mas era um universo totalmente feminino. Fizemos juras e promessas, mas eu tinha que voltar para o Rio. Ficávamos de orelhão e a paixão aumentando. De orelhão e sem grana para pagar uma passagem para voltar lá. Até que ela conseguiu com uma tia, que trabalhava na Secretaria de Turismo, um hotel de graça para passar o fim de semana. Banquei a passagem de ônibus. Nessa época, a gente estava numa brabeira enorme. Tinha até ordem de despejo. Minha mãe me deu força: "Vai, meu filho, que é importante."

Fui e passei um fim de semana delicioso com ela. O rango era cachorro-quente. Houve o perrengue de não conseguir ligar o aquecedor: passei três dias em Curitiba, no alto inverno, sentindo o maior frio. Na sexta, quando cheguei, fui buscá-la no colégio. A gente ficou o fim de semana todo no hotel e, na hora de voltar, ela foi me levar na rodoviária. Chorou enquanto o ônibus começou a dar ré.

Uma senhora de cabelo branco, sentada ao meu lado, falou: "Dói, né?" "Dói." Ela perguntou: "Você mora no Rio?" "Moro", respondi. Ela continuou: "Isso aconteceu com a gente." Os velhinhos passaram praticamente a viagem toda contando a história deles e foi legal para caralho.

Depois disso, o namoro prosseguiu via orelhão. Ficamos numa puta expectativa quando pintou um show por lá. Mas acabou não rolando e foi aquela frustração. Na última ligação, ela perguntou: "Você vai estar aí?" No dia seguinte, acordei com a minha mãe chamando: "Telefone para você. É a Letícia." Eu atendi com voz de sono e ela: "Vem me buscar, estou na rodoviária." Ela havia fugido de Curitiba. Fui buscá-la e, chegando em casa, por mais que tivesse falado para a minha mãe que ela era uma garota muito nova, quando abri a porta o que saiu da minha mãe de forma espontânea foi: "Nossa, mas ela é uma criança." E perguntou à Letícia: "Seu pai sabe? Sua mãe sabe?" E Letícia: "Não."

Ligamos para a mãe dela, que estava desesperada. Nessa época, eu não tinha cama: dormia num colchonete, no chão. Ela ficou comigo uma semana. Depois as coisas foram melhorando, eu podia viajar ou bancar os deslocamentos dela. Mas a distância era foda. Há alguns anos, eu já na cadeira, a gente namorou de novo por mais um tempo. Ela veio fazer a produção de um filme e estava morando em Copacabana. Começamos a nos ver. Mas aí aconteceu outra história. Nessa época, eu morei com duas mulheres. Letícia era uma delas, a outra era uma francesa. E as duas eram lindas!

Eu tinha posto um aparelho para receber a injeção de um remédio canadense para os músculos, caro para caralho, que não era homologado no Brasil. Coloquei, por intermédio de cirurgia, uma válvula que era ligada ao coração. Tinha uma agulha curva, específica, que era preciso apalpar para achar o lugar certo de espetar. Ninguém queria fazer aquilo, nem os enfermeiros. Letícia foi muito corajosa e se encarregou da missão. Foram 60 dias de medicamento. Poucas vezes namorei ou mantive relacionamento com mulheres fúteis, independentemente da idade. Todas eram mais centradas do que eu, funcionavam como um chão.

Nesse período, Servanne, a francesa, ia muito para a minha casa. Ela fazia capoeira e era minha amiga. Um dia, conversando, adormeci. Quando vi, ela estava me beijando e, no dia seguinte, morando aqui. Ficamos uns meses assim. Cheguei a falar que não sabia se poderia transar, mas ela foi ficando mesmo assim. Até que voltou para a França e fiquei novamente com a Letícia.

Em nenhum momento falei para Letícia sobre Servanne, somente na véspera de seu retorno ao Brasil. Sou um covarde nessas horas. Eu amarradão com a Letícia, mas, quando falava com a Servanne, também sentia que tínhamos muitas afinidades. De certa forma, ela me elegeu como seu mentor: montou um projeto social voltado para mulheres em condição de risco no mundo todo.

O dia da chegada de Servanne se aproximava e eu todo enrolado, não conseguia falar para nenhuma das duas sobre a existência da outra. Letícia, quando soube, ficou para morrer. Eu disse que ia resolver tudo no dia seguinte. Só que, no dia seguinte, era festa de aniversário de um primo meu na minha casa e tive que sair para arranjar as coisas. Servanne chegou feliz, e eu finalmente consegui falar: "Nesse período na França, você não saiu com outra pessoa? Transou com outra pessoa?" E ela bem segura: "Não. Nós somos adultos e, se tivesse acontecido, teria te falado." Fui ficando pequenininho. Ela continuou: "Vamos, vamos para casa que estou cansada." Ela trouxe tudo, veio para se casar. Segui tentando: "Você está vindo para montar aquele negócio de que falou?" E ela, para meu desespero: "Não. Estou vindo por causa de você." Não aguentei e abri o jogo: "Não aconteceu com você, mas comigo aconteceu." Ela ficou perplexa: "Como assim?" Fui em frente: "Reencontrei uma ex-namorada e rolou." Ela, inteligente, se conformou: "Isso podia acontecer comigo, mas não aconteceu." E eu: "Ela tá lá em casa." Caiu o mundo: "Como assim?" E eu, pequenininho: "Ela está morando lá em casa."

Servanne chorou demais. "Me diz uma coisa, você acha que ela é a mulher da sua vida? Você a ama?" Falei: "Não sei, não sei. Tudo na minha vida é confuso." Ela falou: "Se não sabe, então eu vou para lá. É sinal de que tenho uma chance." Cheguei em casa com a festa rolando. A festa acabou, mas ficamos juntos, os três, por dois, três meses.

Estabelecemos algumas regras. Não foi por mim, mas eu morava em cima, na casa da minha mãe. Letícia, que lá estava, permaneceu. Servanne ficou no quarto de baixo. Ela realmente foi apostando nas chances que tinha. No primeiro momento, aquilo podia soar como uma prova de masculinidade: "Caralho, sou foda! Tenho duas gatas maravilhosas na minha casa." Mas não era nada disso. Eu me cobrava e me questionava: "Como você pode lidar tão mal com as coisas, Yuka? Como você é inábil com os sentimentos, os amores, as mulheres!" A cadeira de rodas não tinha sido um elemento apaziguador dessa minha falta de habilidade, pelo contrário! Naquele momento, me deixava mais confuso ainda. Fui um covarde.

Já as duas foram de uma coragem e de um amor inacreditáveis. Essa situação me remetia também à época dos tiros, quando tinha a Maíra e a Chris. As duas chegando ao hospital e neguinho me perguntando: "Qual das duas?" Elas respondiam que isso não era importante naquele momento, o que importava era eu.

Com Letícia e Servanne foi diferente. Eu estava namorando a Letícia e a outra chegou, ficou no quarto de baixo, mas com uma intenção clara. Ela até verbalizava isso para a Letícia: "Eu vim por causa dele. E é isso aí, valeu?" Mesmo assim, não havia um clima hostil de uma com a outra. Mesmo mordida, Letícia tomou as rédeas na história das injeções no coração: "Eu faço." Ela sabia que eu dependia disso, o que deu um norte para nós dois como casal. Para Servanne, tudo era uma tentativa. Ela era diferente, vinha de outra cultura, de outro país. Minha maneira de não ser claro, de não ser verdadeiro, me enrolou. Eu não transava com as duas, afinal estava com a Letícia! Mas uma noite, quando Servanne veio se despedir, ela me deu um beijo na boca, e eu deitado ao lado da Letícia. Ela estava explodindo com aquele sentimento. Por incrível que pareça, não era falta de respeito.

Era difícil para mim também. Eu não queria entrar numa de que mantinha um relacionamento com as duas. Não me orgulhava nada da situação. Além de covarde, fui burro. A tentativa de não magoar nenhuma foi magoando as duas cada vez mais. Elas não mereciam. São pessoas incríveis que se relacionam com a vida de um jeito único.

No fim, Servanne se cansou da situação e decidiu voltar para a França. Fiquei com a Letícia mais um tempo, até que ela pegou umas ligações que eu estava recebendo da Maíra e resolveu voltar para Curitiba. Fiquei sem as duas.

Houve outras mulheres importantes.

Samantha Caldato foi a primeira mulher adulta que tive. Ela me marcou muito. Começou a me olhar numa festa, e eu achando impossível aquela mulher lindíssima estar dando em cima de mim. No dia seguinte, pegou o telefone e me ligou na careta: "Sou eu, a Samantha. Vamos sair?" Saímos. Entrei total no universo Samanthinha. Eu ia viajar para tocar, e ela: "Quer que te leve no aeroporto?" Aquilo era inacreditável na minha cabeça machista. Nunca tinha recebido esse cuidado de uma mulher. Sempre quis ser eu o que cuidava. Quando vieram os tiros, foi difícil aprender a receber. Demorei muito tempo para perceber que não havia mais jeito: eu tinha que receber, das pessoas ou da mulher com quem estivesse. Samantha foi a primeira a me mostrar isso e a me propor casamento! Para completar, nunca gostou d'O Rappa. Mais uma vez, boicotei um grande amor. Eu sumi.

Chris Couto também foi uma mulher muito importante na minha vida. Eu estava namorando a Maíra e fui fazer um programa da Astrid na MTV. Quando a gente estava na van, a Astrid falou: "Yuka, tem uma amiga minha que tem sérios interesses em você." E eu: "Não, não, para com isso." Astrid continuou falando, e eu tentando cortar. Até que ela pegou o telefone, ligou para a tal amiga e me passou. Falei: "Alô, quem é?" Ficamos naquela brincadeira de eu não saber quem era. Até que ela falou: "Chris Couto." Levei um choque! Eu a achava a maior gata da MTV. Um dia ela me ligou: "Vamos combinar alguma coisa?" Fiquei tentando fugir, mas acabamos marcando e, desde esse primeiro encontro, não consegui largar mais. Fui para São Paulo fazer um show e fiquei a semana toda.

Voltei para o Rio, peguei o carro e fui direto para a fazenda da Maíra em Paraty. É o lugar mais bonito do mundo. Eu tinha que contar, não podia ser covarde novamente. "Conheci uma pessoa." Chris apareceu na única lacuna em que ela poderia entrar. Eu era apaixonado pela Maíra, mas a Chris era uma mulher! Maíra tinha 17 anos e a Chris, uns vinte a mais, como eu. Era até um pouco mais velha. A única coisa em que a Maíra não me completava era o fato de ela ser uma menina. Chris tinha uma opinião a mais em cima das minhas inseguranças na vida. Esse lado mais maduro dela me conquistou e me levou.

Depois que falei isso para a Maíra, entrei no carro e voltei para o Rio. Até hoje guardo a imagem dessa despedida: ela dentro da casa da fazenda e eu no carro. Fui saindo pela estrada de chão até a Rio-Santos. Quando cheguei à estrada, tive uma crise de choro absurda. Abri o vidro e joguei meu celular pela janela. Fiquei quase um ano sem celular. Maíra me dava essa sensação de amor, e sou apaixonado por ela até hoje. Eu me preocupo, fico querendo saber se está feliz, se está com uma pessoa legal. Com a Chris, depois que a gente terminou, se eu pudesse, arrumava um namorado para ela. Gosto tanto das mulheres da minha vida! Da Maíra, então, gosto muito mesmo! Depois dessa, tivemos mais algumas idas e vindas, encontros e desencontros. Até que um dia, na última vez, depois de muito tempo, fui procurá-la e ela não quis mais. Disse que estava feliz com outro cara. Fiquei desesperado. Fui para São Paulo atrás dela. Mas ali entendi que ela estava com um cara legal e fui tocar a minha vida. Eles tiveram uma filha. Mas ela nunca saiu de mim.

Voltei para o Rio decidido a ficar com a Chris. Ela estava em evidência na época. Eu também. Tivemos cuidado de, por exemplo, não virar um casal celebridade. Para fugir disso, criamos o nosso mundinho em torno da minha casa e da dela. Eu adorava ficar em casa com ela e a filha, Maria, ouvindo música, lendo, comendo. A sensação era de total felicidade, uma felicidade que poucas vezes experimentei. Não queria estar em outro lugar nem ter outra vida.

Mas tanto eu quanto ela tínhamos uma certa tendência ao autoboicote. E, naquele momento, todos os meus sonhos estavam se realizando. Em vez de ficar feliz, passei a me perguntar se eu era digno daquilo. O desconforto se tornava ainda mais agudo pelo fato de eu estar alcançando projeção em todo o Brasil, não só no Rio. A questão social estava também mais aguçada em mim. Eu vivia em comunidades no país inteiro. Em cada cidade por onde O Rappa passava, eu já tinha um grupo para visitar. Era difícil, por exemplo, dormir em um hotel cinco estrelas em Recife e ir para uma visita em Peixinhos. Eu entrava em parafuso: "Por que eu sou tão abençoado?" E também já havia os problemas com a banda. Acho que eu e a Chris não fomos mais adiante porque éramos duas pessoas muito sensíveis que, muitas vezes, dividiam suas depressões. Não só dividíamos – acumulávamos, multiplicávamos. Na época, ela apresentava o *Vídeo Show* da TV Globo. Um dia, eu estava com dois amigos comendo na serra paranaense, com aquela paisagem totalmente linda ao redor, falando de mulher, quando começa a música da abertura do *Vídeo Show*. Em todo lugar, a musiquinha. Não era a musiquinha do Michael Jackson ou do *Vídeo Show*: era a musiquinha da minha mulher. Era como se ela fosse onipresente.

Fiquei com a Chris mais de um ano sem nunca ter ficado com a Maíra. Mas, numa dessas, o relacionamento acabando, encontrei a Maíra. O coração acelerou, bateu a paixão e quis voltar para ela. Decidi ir de carro até São Paulo para ter uma conversa definitiva com a Chris. Eu ia mesmo fazer isso, mas não deu tempo. Nove tiros me pegaram antes. Era o ano de 2000.

Quando acordei no hospital, Maíra estava do meu lado. Chris estava trabalhando e morando em São Paulo. Chegou no mesmo dia, mas, cada vez que eu abria os olhos, lá estava a Maíra.

Outro grande amor da minha vida foi a Joana, talvez a mulher mais bonita que já vi. Ela é a que mais se parece com o que sempre sonhei: linda, bem-humorada, bem informada e amiga da minha melhor amiga, Virgínia. Uma pessoa feliz por ser feliz, do tipo que dança sem música, ri de besteira e nutre uma paixão pela vida que fez com que me apaixonasse. Era a tradução de uma vida que eu não via, mas queria ver. Foi depois dos tiros. Seis anos após os tiros, eu tive a mulher mais linda e um grande amor na minha vida.

Fui comer uma pizza com a Virgínia, que levou a Joana. Ela não me deu muita ideia, e eu a achei meio marrenta, mas estonteantemente bonita. Na época, ela era modelo da Elite e casada, então não botei fé. Depois de uns meses, Virgínia me ligou: "Joana se separou e está meio mal. Vamos sair com ela qualquer dia?" Quando saímos, já senti uma parada. No dia seguinte, Virgínia me ligou: "O que você fez com a minha amiga?" "Por quê?" E ela: "Está superimpressionada com você!" Liguei na hora para ela e marquei um encontro. Foi das melhores sensações da minha vida.

A partir daí, grudamos. Muito rapidamente a pedi em casamento e trouxe as coisas dela para casa. Não tinha condição de ter uma casa separada da minha mãe, o que acabou sendo um puta obstáculo na situação. Era complicado ter uma vida mais privada. Enfrentamos juntos uma enorme falta de grana, a Joana lá comigo. Foi bonito para caralho! Foi também o relacionamento que mais boicotei. Comecei a arruinar a relação e me relacionar com outra mulher, outra francesa. Joana, como era de se esperar, também não me aguentou. Quem aguentaria?

Eu morreria sem pestanejar por pelo menos cinco dessas mulheres. Sou capaz de tirar um rim e doar. Sou eternamente grato a elas. Como é que me deram dias tão perfeitos? Como adubaram os meus sonhos? Como me fizeram ser quem sou? Como elas mostraram que era possível eu existir do jeito que queria? Porque a minha maneira de pensar e de existir é muito específica: consigo me entender melhor me doando.

Tive também um relacionamento inusitado com uma pessoa inimaginável: a promoter Alicinha Cavalcanti. Foi antes dos tiros. Conheci a Alicinha no Ballroom, uma casa de shows no bairro do Humaitá, no Rio, que já não existe mais. Ela era toda musculosa e atraía a atenção dos fotógrafos. Eu estava no balcão do bar, e ela chegou: "Tudo bem?" Aí declamou da maneira mais masculina possível umas três músicas minhas e pediu uma vodca. Depois de um tempo, me convidou para ir ao Copacabana Palace, encontrar a Bebel Gilberto. Me propôs de tudo para ir até lá, mas eu não estava exatamente a fim. No dia seguinte, estava dormindo e minha mãe me acordou, eu ainda meio de ressaca: "Telefone para você." Eu atendo e escuto: "Sou eu, Alicinha, lembra? Falei com você ontem." Lógico que lembrava: "Oi, Alicinha, tudo bem?" Ela a mil por hora: "Vambora sair. Você mora onde? Vamos dar uma volta." Tinha acabado de comprar o meu primeiro carro.

Fui encontrá-la. Meu carro era uma Ipanema preta que havia sido de uma funerária: um carro de levar defunto. Pior é que eu não sabia, só depois me dei conta. Para completar, já era velhinho. Abri a janela e ela não queria fechar mais. No caminho, pensava: "Como vou pegar a Alicinha Cavalcanti com um carro de funerária que não fecha o vidro?" Estacionei e dei um jeito na janela. O lance era não abrir mais.

Tive a maior vergonha de pisar no Copacabana Palace. Na recepção, perguntei pelo apartamento da Alicinha. O cara me disse que ela já estava me esperando. Dei um tempinho e lá veio ela num macacão colado, justinho, com botas até o joelho: "Porra, eu estava te esperando. Isso não se faz com nenhuma mulher! Sou eu que faço esperar. Vamos embora." Eu falei: "Tem uma livraria ali com um café." Ela me interrompeu: "Livraria com café? Eu quero beber álcool!" E eu pensando: "Que mulher é essa?"

Fomos para a Pizzaria Guanabara, e eu na pilha total pensando em como ia pagar a conta. Ela começou os trabalhos: "Um chope e um Underberg." Entrei numa de acompanhar: "Dois." "Já bebeu isso?" "Já." Chope com Underberg é fatal, sobe à cabeça que é uma beleza. Fomos conversando e eu tentando entender, decifrar aquela mulher. De repente, ela fala para a mesa que está atrás de mim: "O que é? Não está vendo que estou acompanhada?" Quando olho para trás, tem dois caras enormes. E ela revoltada. Eu fui tomando consciência da personagem e pensando onde tinha me metido. Na hora de pagar, eu já doidão e ela, inteirona. Como bom provedor, falei: "Eu pago." E ela, como mulher independente: "De maneira nenhuma."

Não aguentei e comecei a pagar geral: "Está pensando que você compra tudo?" Já tinha sacado que ela tinha essa onda de poder, dinheiro, então comecei a espinafrar. Fui lá e paguei a conta. Digamos que a conta tenha sido uns 70 reais. Ela decidiu dar uma gorjeta de 50 reais para o garçom. Fiquei ainda mais puto: querendo tirar onda com a minha cara dando de gorjeta quase o valor da conta! Fui embora e ela veio atrás. "Você quer me esculachar?" Ela tentava me acalmar: "Espera aí, vamos dar uma volta. Posso dirigir o seu carro?" Acabei deixando. Para completar a minha irritação, pisei em bosta de cachorro.

Entramos no carro, ela botou o banco lá atrás e falou: "Eu já fiz alguns testes para a GM." Ligou o carro e acelerou. Vruuuuuuum... Parecia Fórmula 1. Nunca vi alguém correr tanto. Chegamos ao Copacabana Palace e entrei mesmo com o pé todo cagado. Ela me levou para perto da piscina e não tive dúvidas: passei meu pé na água. Botei meu pé cheio de bosta de cachorro na piscina mais aristocrática do Rio de Janeiro. Subimos para o quarto, rapidamente tirei os tênis e deitei na cama com os pés para cima. Quando ela voltou, gostou: "Que bom que você está mais relaxado agora!" E eu apavorado com um fenômeno daqueles, uma personalidade daquelas, no Copacabana Palace. Aquilo não tinha nada a ver comigo.

Foi bom! Transamos e, quando acabou, eu fiquei amarradão com a foda: "Queria te ver mais vezes." E ela: "Foi legal. Só que tem um problema: sou casada." Eu pensei: "Fodeu." E ela continuou: "Mas esse não é o problema." Se esse não era o problema, qual poderia ser? "O problema é que tenho um amante, e o meu amante é o seu empresário." Eu falei: "Não rola." Fui embora. No dia seguinte, liguei para o Jeronymo, meu empresário: "Porra, Jê, saí com a Alicinha e ela me falou de você. Você nunca me falou nada!" E ele: "Tá tranquilo. Pode ir lá, pode comer."

Passamos um Carnaval juntos até que um dia o Jê me liga e fala: "Estou apaixonado por ela, e isso está acabando comigo." Nem pensei duas vezes e recolhi a pipa. Mas ela veio atrás e fazia cenas. Acho que ela via a minha ingenuidade e gostava do meu senso de humor. A coisa de eu ser totalmente avesso à vulgaridade do poder, às drogas. Aquilo para ela, naquele momento, era muito diferente.

Ela tinha uma Cherokee vermelha. Quando ia me buscar nos lugares, eu pensava: "Que merda, não vou entrar nesse carro." Uma vez estávamos saindo de um restaurante e, quando fomos entrar no carro, havia dois caras subindo em uma moto. Ela falou: "Esses caras vão roubar a gente." Não levei fé. Andamos um pouquinho e eles continuaram. Ela meteu o pé, os caras vindo atrás, num clima de perseguição pelas ruas de São Paulo. No carro tinha um lance que ela apertava e falava por um alto-falante do lado de fora, além de uma sirene. Ela gritava e tocava a sirene. Os caras acabaram saindo fora. Outra vez eu estava em um restaurante e ela me ligou:

"Vou passar aí." E eu: "Não vem." Quando estou saindo, lá vem ela de moto. Eu andando a pé em São Paulo, e ela de moto ao meu lado. Uma moto enorme me acompanhando: "Senta aqui, senta. Vem aqui, vem." Eu no papel de mulher e pensando: "Não vou de jeito nenhum." Em meio a tudo isso, a gente também adotou uma garota HIV positivo na Viva Cazuza. Depois que nos separamos, perdi contato com a menina.

Quando tomei os tiros, mesmo tendo me afastado da Alicinha, esperava que ela fosse me ver. Ela é boa em resolver problemas e podia ter me ajudado. Fiquei sentido. Passados uns três anos, encontrei com ela numa festa da MTV. Eu estava magoado e ela veio falar comigo. Mandei logo: "Se você chegar perto de mim, vou fazer um escândalo." Ela ficou puta, chorou, me xingou. Depois de um tempo, vim a saber que minha mãe tinha boicotado tudo da Alicinha. Ela tinha me procurado, sim, mas eu não soube.

Hoje ainda sei que sou capaz de amar, mesmo tendo vergonha de transar. Agora preciso mais da mulher, ela é quem pilota a situação. Se ela não entender que tem que ter a iniciativa e dominar a situação, fica difícil satisfazê-la. Numa das primeiras vezes, estava saindo com uma americana. Ela foi para a minha casa, e falou: "Não gosto de transar por cima." Na hora eu parei: "Comigo essa é a única maneira. Se você não quer, tudo bem." Mas, depois da primeira noite, tudo aconteceu naturalmente.

Rolam muitas histórias comigo. Se bobear, acho que agora, mesmo na cadeira, rola até mais. Entendo que existe a curiosidade de saber como paraplégicos fazem sexo. Realmente deve-se perder certos pudores. Tenho o enfermeiro que ajuda a me colocar na cama: me deixa lá e some. Se não chamar antes, seis horas depois ele vem para eu mijar. Simples assim. É lógico que isso cria situações inusitadas. Eu namorando, querendo ir para um motel com a minha namorada, tive que alugar dois quartos: um para a gente e outro para os enfermeiros me esperarem. Houve uma ocasião muito engraçada. Eu indo para o motel com a Mana e, no carro, o enfermeiro e o Garnizé, um cara bem baixinho. Virei para a recepcionista e falei: "Ela é depravada mesmo. Transa com o aleijado, mas também gosta do anão."

Fotos: acervo pessoal

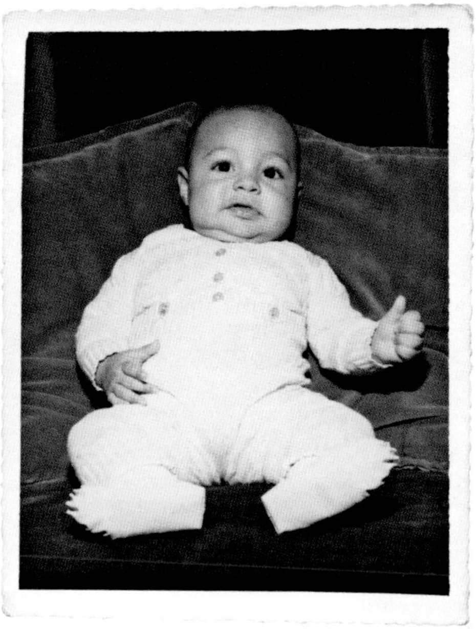

Marcelo Fontes do Nascimento Viana de Santa Ana, o Yuka, com um ano e meio, em 1967. Acima, no colo da mãe, Dona Luiza – ao seu lado até hoje.

Yuka com a mãe e o pai, Djalma de Santa Ana, no início da década de 1970, num dos lugares preferidos da família: a praia.

Fotos: acervo pessoal

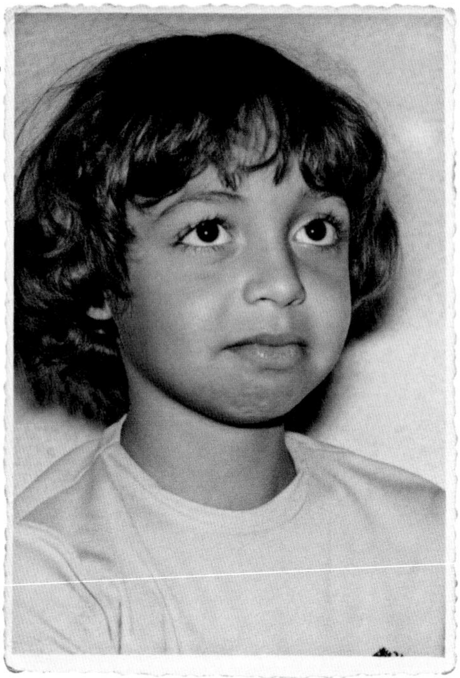

À esquerda, Yuka na época em que costumava ser confundido com uma menina. Acima, brincando com os vizinhos em Campo Grande, onde passou a infância.

Yuka e os amigos perto de Mambucaba (RJ), no momento em que perde o medo de saltar da pedra. A família se mudou para Angra quando o pai foi trabalhar em Furnas.

Acervo pessoal

Acima, em 1986, com sua primeira banda, o KMD-5, em Belford Roxo (RJ), em frente ao local onde ensaiavam. O estilo podia ser definido como reggae da Baixada. Yuka é o mais alto dos rapazes.

Abaixo, O Rappa em sua formação clássica – Lauro Farias, Marcelo Falcão, Marcelo Lobato, Xandão e Marcelo Yuka –, em 1995.

Paulo Jares/Conteúdo Expresso

Acervo pessoal

Yuka em plena atividade como baterista. Autodidata, trocou roupas por peças e conseguiu montar o primeiro instrumento.

Acervo pessoal

À direita, enquanto gravava o segundo álbum d'O Rappa, Rappa Mundi, *no estúdio Nas Nuvens, do produtor Liminha, em 1996.*

Elder Ferreira

Mais um momento com O Rappa. Show em Vila Velha (ES), em 1999.

O Rappa durante intervalo da gravação de um clipe, no estúdio Tratoria, em agosto de 1997.

Acervo pessoal

Comemoração no camarim quando O Rappa recebeu o disco de ouro pelas vendas de Lado B Lado A *(1998).*

Acervo pessoal

Yuka na bateria em uma jam session *com Marcelo D2, no lendário estúdio Totem, em Santa Teresa, no Rio.*

Abaixo, Sabrina Parlatore recebe O Rappa no programa Luau MTV*, na Bahia, em 2000.*

Edson Ruiz/Folhapress

Fotos: acervo pessoal

Com o produtor, diretor artístico da Warner e amigo Tom Capone, falecido em 2004 em um acidente de moto.

Ao lado, com Peter Gabriel, em 1998, nos jardins do estúdio Real World (Wiltshire, Inglaterra), de propriedade do artista inglês, durante as mixagens do disco Lado B Lado A, *d'O Rappa.*

Fotos: acervo pessoal

Livre, leve e solto no sul da França, em 1999. A sensação de liberdade que sempre experimentou no mar o fascina até hoje.

Abaixo, um momento de meditação a caminho de Nice, na França.

Fotos: Mônica Imbuzeiro/Ag. O Globo

Yuka em uma matéria para o caderno Zona Oeste do jornal O Globo*:*
sentado no muro do Colégio Estadual Augusto Vasconcelos, em Campo Grande;
e na pista de skate do bairro.

Ag. O Globo

Sexta-feira, 10 de novembro de 2000 • 3ª edição O GLOBO RIO • 19

Baterista do Rappa é baleado por oito ladrões

Marcelo Yuka teria tentado impedir que bandidos roubassem o carro de uma mulher numa esquina da Tijuca

Alan Gripp e
Antonio Carlos Miguel

• O baterista e compositor do grupo O Rappa, Marcelo Faria Pontes, o Marcelo Yuka, de 35 anos, foi baleado ontem à noite depois de reagir a um assalto na esquina das ruas Andrade Neves e José Higino, na Tijuca. Segundo testemunhas, por volta das 22h, ele tentou impedir que oito homens roubassem o carro de uma mulher, que não foi identificada. Os bandidos, que fecharam a rua usando dois carros, para assaltar motoristas, teriam feito mais de 15 disparos contra o músico. Na fuga, os bandidos levaram um Gol branco.

Yuka levou três tiros e foi socorrido no Hospital do Andaraí. De acordo com funcionários do hospital, o artista está fora de perigo. Segundo o empresário do grupo, Alexandre Santos, Marcelo Yuka levou três tiros: dois nas costas e um no braço direito. Para ele, o baterista deve ter tentado convencer os assaltantes a não roubar a mulher.

— Pelo que conheço do Yuka, um cara engajado e preocupado com políticas sociais, ele deve ter tentado demovê-los (os assaltantes) da idéia do roubo — disse.

O Hospital do Andaraí informou que o músico está consciente. Um dos grupos mais populares do pop brasileiro nos anos 90, O Rappa é também um dos mais politizados. Seu baterista e letrista, Marcelo Yuka, é ligado a movimentos pela cidadania e em shows e nas letras de suas canções se preocupa em chamar atenção para os problemas sociais do Rio.

Há duas semanas, O Rappa anunciou sua desistência em participar do Rock in Rio 3. O grupo carioca se recusou a abrir a última noite do evento, dia 21 janeiro de 2001, às 18h, alegando estar sendo desprestigiado em detrimento das bandas internacionais. Em solidariedade, na semana passada, cinco outros grupos — Skank, Raimundos, Cidade Negra, Jota Quest e Charlie Brown Jr. — também se desligaram do festival.

Este ano, o Rappa foi o grande vencedor dos dois principais prêmios para clipes no Brasil, nos canais Multishow e MTV. O clipe da música "A minha alma", dirigido por Katia Lund, Breno Silveira e Paulo Lins, conta a história de um grupo de meninos que desce um morro e é confundido com uma quadrilha, o que acaba gerando um quebra-quebra.

Além da preocupação com as questões sociais, Yuka e seus companheiros de banda desenvolvem trabalhos em comunidades pobres. ■

Alaor Filho

O CARRO DO músico, com os vidros estilhaçados: mais de 15 disparos dados por oito homens armados

Custódio Coimbra/Ag. O Globo

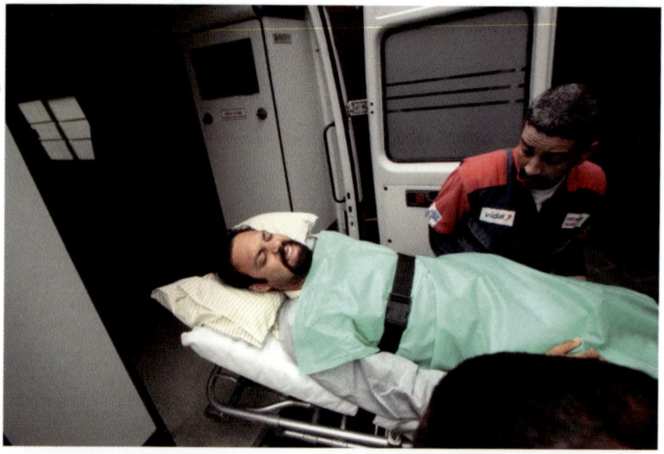

Acima, matéria do jornal O Globo *noticiando o fatídico dia 9 de novembro de 2000.*

Ao lado, quando saía da Casa de Saúde São José, no Rio de Janeiro.

Embaixo, o carro de Yuka no local do tiroteio. O artista foi atingido por nove tiros.

Alaor Filho/Ag. O Globo

Gabriel de Paiva/Ag. O Globo

Marcelo Yuka numa entrevista coletiva, em 2003. Nunca quis saber quem eram os bandidos que tentaram matá-lo nem o que houve com eles.

Fotos: acervo pessoal

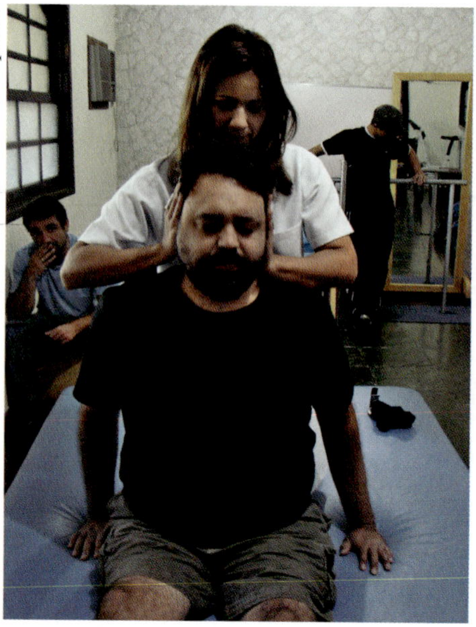

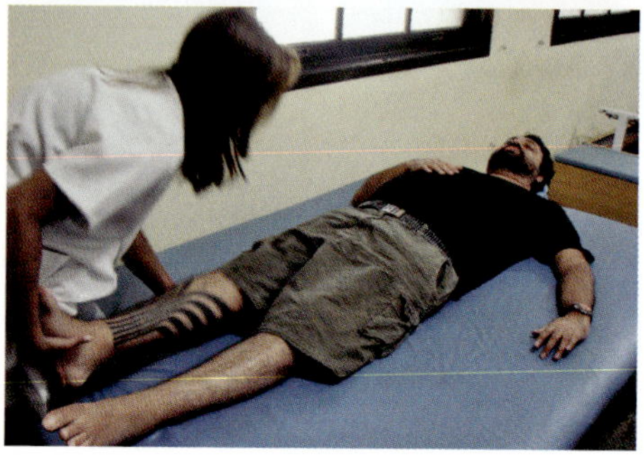

Sessões de fisioterapia, com Adriana, e de watsu, *com Marcelo Nabuco, profissionais fundamentais para sua recuperação.*

Abaixo, na casa de shows Olimpo, numa nova tentativa de dividir o palco com O Rappa, em dezembro de 2000.

Fábio Seixo/Ag. O Globo

Camilla Maia/Ag. O Globo

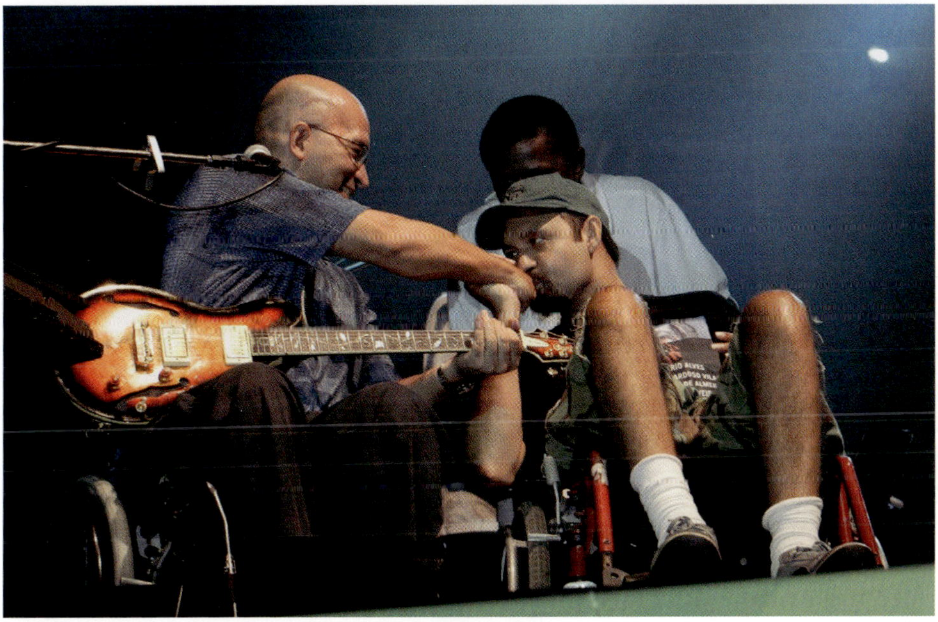

Sergio Borges/Ag. O Globo

No alto, a banda F.UR.T.O. divulgando seu CD – Mauricio Pacheco, Garnizé, Yuka e Jam da Silva.

Embaixo, durante encontro com Herbert Vianna no palco de um show dos Paralamas do Sucesso realizado na praia de Copacabana, em 2003. Os dois passaram por grandes tragédias e deram a volta por cima.

Wagner Meier/Fotoarena

Em um momento inesquecível, Yuka divide o palco Sunset com as cantoras Cibelle, Karina Bhur e Amora Pêra no Rock in Rio 2011.

Marcos Hermes

Ao lado, tocando teclados e sintetizadores com o F.UR.T.O. em show no Circo Voador, no Rio.

Gabriel de Paiva/Ag. O Globo

Descontraído em um de seus locais preferidos: o estúdio montado em casa. Yuka nunca parou de compor.

Abaixo, com Marcelo Freixo numa passeata no Aterro do Flamengo, durante a campanha para a Prefeitura do Rio em 2012.

Ana Branco/Ag. O Globo

Marcelo Eco

Caricatura feita pelo grafiteiro Marcelo Eco na casa do amigo Marcelo Yuka.

Tá funcionando!

O sexo só voltou um ano depois dos tiros. Falei com o médico: "Tá funcionando! Tenho ficado de pau duro." E ele: "Quem disse que não ia funcionar?" Eu tinha uma coisa de não deixar mulher nem me tocar. Quando fui transar a primeira vez com a Servanne, disse: "Eu nunca transei depois dos tiros." Falei isso para algumas – foi um truque que sempre funcionou. Ela chegou para mim: "Qual é o problema?" E eu: "Não sei como agir."

Tudo isso foi muito difícil. Antes dos tiros, tinha uma prática um pouco nervosa: eu era o comandante geral da situação. Então não é só a impossibilidade física, mas também outra maneira de ver a coisa. Não sou mais quem toma as rédeas. Essa mudança de comportamento, atitude, prática, foi muito marcante. O fotógrafo francês Henri Cartier-Bresson diz que, se você chega a uma cena de crime, todos vão estar olhando a vítima. É seu primeiro ponto de vista. Quando você muda a perspectiva e se desloca na cena, você tem outra informação. É possível, então, observar, pelo ponto de vista da vítima, ela própria a mirar as pessoas. Isto serviu para mim: a reversão de expectativa. Mudou e demorei a entender. Agora tenho outra visão e preciso muito da parceira.

Tomei os tiros aos 34 anos. Ali constatei que nunca tinha feito amor. Nunca, mesmo com as pessoas que eu amava. Amava as minhas namoradas, mas, na hora do sexo, era sexo. Comecei a perceber mais essa generosidade das mulheres comigo. Até porque, se eu estivesse no lugar delas, seria difícil para mim. Isso e a música me salvaram.

Não tenho muito cuidado comigo, a música zela por mim. E o amor dessas mulheres cuida do que é mais importante: meus sonhos. Elas construíram – e constroem – minha noção de esperança. Antes dos tiros, eu desconfiava de todas as relações.

Com os tiros, a relação e a percepção de tudo se alterou: política, favela, crime, bandidagem, deficiente físico. De alguma maneira, quero entender o precipício. Minha arte beira o precipício o tempo todo – muito mais na feitura do que no produto final. Sei como foi para chegar à música "Minha alma", onde trafeguei para alcançar aquelas frases, como aquilo foi construído, de que forma engravidei aquela ideia. E foi em meio ao precipício total. Se essa música hoje pode ser tocada num aniversário de 15 anos, é outra história. Mas sei de onde ela vem, do meu contato com o pior lado da humanidade.

Chegou um momento em que perdi totalmente a fé. Mas as mulheres me devolveram isso. Certa vez, levei um fotógrafo da revista *Rolling Stone* a uma cela de cadeia. Pedi permissão aos presos para que ele fizesse umas imagens. Os caras toparam, e ele tirou uma foto num dia de visita. Tem sempre uma mesa grande, em que os visitantes vão colocando as carteiras de identidade. E fica um cara ali tomando conta. Ele tirou uma foto de cima pegando aquele monte de identidades. A mesa tampada com carteiras de identidade, umas duzentas, e todas eram de mulheres.

A recíproca não é verdadeira. No Talavera Bruce, um presídio feminino, a grande incidência de lesbianismo se dá pela falta de contato com homens. Não há presença masculina. Os companheiros não vão visitá-las. As mulheres são diferentes dos homens.

Estou perdidamente apaixonado no momento. Só não sei ainda por quem. Fico como se estivesse pronto para amar demais. Quando estou assim, acendo no escuro, me encho de energia. Mas não fico dando tiro à toa. Depois da Joana, não estou procurando mais aventura, não quero mais quantidade. Se não tomar cuidado, é um monstro que pode despertar aqui dentro. É a minha única droga, e posso me viciar de novo.

Antes dos tiros, vi *Lua de fel*, um filme do Roman Polanski, uma história que tem muito a ver com a minha. O protagonista, que é o maior filho da puta, conhece uma mulher linda, que vai morar com ele. Ela é completamente apaixonada, mas ele tem uma relação de sexo, de dominação, faz o horror com a mulher. E ela, apaixonada, deixa o cara fazer o que quer. Depois terminam e ele sofre um acidente – é atropelado ao saltar de um carro. Ela volta ainda mais linda e vai visitá-lo. Ele não havia sofrido nada muito grave, mas a mulher provoca um novo acidente na cama do hospital e ele acaba ficando paralítico. Ela então vai cuidar dele. É quando aproveita para completar a vingança de tudo o que sofreu. Não foi suficiente ter deixado o cara paralítico. Ela transa com outro na frente dele, dá em cima de todo mundo, espezinha, enfim, devolve na mesma moeda a humilhação que sofreu um dia.

Quando vi o filme, fiquei traumatizado, porque era a vingança do amor contra o sexo. E eu, naquela época, separava completamente as duas coisas. Quando acontece isso, eu falo: "Não quero ser o cara do *Lua de fel*."

Sempre quis ser pai de um garoto. Depois da cadeira de rodas, me veio a coisa de ser pai de uma menina. Acho que aprenderia mais e daria mais amor. Sempre sonhei com um filho porque é o cara que vai curtir futebol, gostar de ouvir os discos, falar de mulher, fazer piadas de baixo nível. Mudei de ideia. Mulher tem mais amor para compartilhar. Eu quero ficar perto disso e ver brotar, enxergar o mundo pelos olhos de uma menina. Tenho até o nome, o da minha avó Olívia, primeira mulher que teve impacto na minha vida.

A Alicinha, mesmo, chegou e disse: "Faz um filho em mim. Não precisa cuidar, pagar, se envolver, nada. Só quero que esse filho seja seu." Falou isso várias vezes e não foi a única. Isso me deu o maior orgulho, pois, quando a mulher propõe algo assim, é mais que propor dividir a vida com você. É dividir outra vida. Não é "namora comigo" ou "casa comigo". É "eterniza comigo", "perpetua comigo".

Atualmente é mais complicado pensar em filhos. Antes mesmo da primeira relação pós-tiros, os médicos me falaram: "Você tem que entender que o sexo não é feito no pau – é feito na mente. É a criação do imaginário que gera o prazer. Sua noção de prazer é na cabeça." Tive que entender isso de verdade para saber como me comportar. Por exemplo, eu não sabia, mas tinha a sensação do orgasmo sem o gozo físico. Um urologista me explicou: "Você não ejacula, pois vai para dentro e se mistura com a urina." Então você pensa: "Aconteceu, mas não aconteceu? Aconteceu, mas não está dando para ver." Não sabia se esse esperma ainda teria qualidade para reproduzir. Mas a possibilidade de eu ter filhos é real.

Há pouco tempo pensei em ser pai solteiro. É difícil. Há a pergunta básica: uma pessoa que não pode cuidar de si pode cuidar de alguém? O pensamento pode estar errado, mas existe. Quando sonho em ter um filho, me vem logo à cabeça a contribuição para o Povo dos Feios, para o orgulho dos feios. Os feios podem ser melhores, justamente porque eles não têm a facilidade estética. Vivam os feios! Por mais feios no mundo! Muitos feios são brilhantes em diversas áreas: Woody Allen, Stephen Hawking, Serge Gainsbourg. Eu tinha a fantasia de ver nascer alguma coisa parecida comigo: corcunda, bochechudo, alto, desconjuntado – um Lombriguinha. Mas eu não desejo isso para mãe nenhuma.

Tudo o que consegui foi driblando as adversidades. Não sei tocar, mas toco. Não sei escrever, mas escrevo. Sou feio, mas pego mulher. Vou me virando. O jeitinho é um verdadeiro know-how. É o jeitinho positivo. É a capa do *Rappa Mundi*, com um boneco feito de peças de escapamento de carro que a gente vê nas borracharias e mecânicas. O cara nem sabe que está fazendo arte, mas está.

Vou para a Baixada

A primeira banda da qual participei de verdade foi o KMD-5. A gente tocava o que defino como um reggae da Baixada Fluminense. Antes tinha feito uns ensaios sem importância com uns amigos. Um deles, o Marcelo Mariano, é filho do César Camargo Mariano com a Marisa Gata Mansa. A própria Marisa me deu meu primeiro livro sobre teoria musical ao me ver todo interessado no assunto. Foi crucial. Uma pessoa de um universo totalmente diferente do meu me deu a primeira força neste caminho da música. Conheci o Marcelo em Mambucaba – eles iam para lá nas férias. Bem novinho, o Marcelo já tocava com o Zé Ramalho, era músico profissional. Mas não dava para mim. Por mais que eles me incentivassem, nem tinha uma bateria. Era um caminho difícil. Mesmo assim, sabia desde pequeno que era o que queria fazer.

Na vila morava uma menina que adoeceu, e a galera se juntou para promover uma festa e arrecadar grana. Foi a primeira vez que toquei bateria. A primeira canção foi "Uma noite e meia", música interpretada pela Marina. Fiz tudo errado e, mesmo assim, foi bacana. Logo depois dessa festa, outro amigo me chamou para tocarmos juntos músicas de bordel. Louco para caramba! Tinha mais um amigo, de Natal, que tocava sax e se amarrava em carimbó. Fizemos um único ensaio em que eu não parava de rir. Era violão, sax e eu tocando caixa e bumbo. Só um bom tempo depois pintou o KMD-5.

Estava na faculdade e, para ajudar a bancar o curso, consegui trabalho num estúdio de áudio que havia por lá. Um dos professores, André, foi muito importante. Houve uma época em que fiquei sem vaga em república. Morava em Campo Grande e estudava na Facha, no bairro carioca de Botafogo. O deslocamento de um ponto a outro consumia umas três horas – era pauleira! André promoveu um seminário com a turma e cada grupo apresentaria um trabalho sobre algum estilo musical. Fiquei com a bossa nova. Eu era muito tímido e não me relacionava com a galera da sala: entrava mudo e saía calado. Já vinha do trauma do colégio, onde todo mundo se conhecia da praia e tinha ido à Disneylândia. Não me sentia parte daquele lugar.

Na faculdade, fiz amizade com uns dois ou três que eram de outro mundo, assim como eu. Como não me comunicava com praticamente ninguém, falei para os meus companheiros de grupo que eles não precisavam fazer nada, que eu faria tudo. Não queria me reunir fora dali. Além disso, sabia que daria conta do trabalho. Eu levava na bagagem a boa educação musical que meu pai me dera, além de ter sempre me interessado pelo assunto. Para completar, queria fazer bonito, já que me amarrava no professor. Fui até entrevistar o Maurício Valadares, referência de conhecimento musical e que trabalhava na Rádio Fluminense. Para ele não foi nada, mas para mim: "Caralho, o Maurício Valadares!" Queria falar sobre o movimento *new bossa*, que rolava na Inglaterra.

Montei o trabalho e tive até a ajuda do meu tio, o seu Jorge original, que me ajudou a datilografar. Foi desse meu tio, aliás, que tirei a ideia de apelidar o Seu Jorge cantor de seu Jorge. Um dia, o Jorge chegou para mim e falou: "Estou pensando em me lançar na música e preciso de um nome. Me dá um nome aí. Você é bom com essas coisas." Falei na lata: "Jorge Negão." Ele não gostou: "Jorge Negão, não." Lembrei desse meu tio que era um cara muito querido no bairro, uma figura folclórica. "Bicho, tenho um tio e o nome dele é seu Jorge." "É isso: Seu Jorge!" Com certeza, esse nome deu sorte para o negão. É um puta case de marketing! O Jorge me conta sempre achando graça que, no estrangeiro, as pessoas pensam que o nome dele é "Seu", e "Jorge", o sobrenome. Tem gente lá que o chama de "Mr. Seu".

Estava com o trabalho pronto para apresentar. Como morava longe, fiquei em casa numa terça-feira para aprontar tudo e apresentar dois dias depois. Quando chegou a quinta-feira, suposto dia da apresentação, descobri que ela deveria ter rolado na terça. Uma merda! Eu não fui e o cara não teve aula para dar. André estava putaço comigo e me espinafrou na sala. Eu era cabeludo, andava de preto, era muito magro e passava uma imagem de drogado. Ele até falou como se eu não tivesse ido por vagabundagem. Fui avacalhado em público de uma maneira foda. Realmente chegava todo dia com sono na aula, já que, para estar às sete na faculdade, tinha que sair de Campo Grande às quatro da manhã. Morava na casa da minha tia, com seis primos. À noite, todo mundo se encontrava e fazia o social. Eu acabava dormindo tarde. Era barra-pesada.

Quando o professor concluiu o esporro, falei: "Mestre, os meus colegas não podem pagar por eu ter errado a data. Fui eu quem não trouxe o trabalho. A culpa é minha! Queria propor que o senhor me dê zero, mas me deixe apresentar a aula. Se for boa, você dá a nota para os meus parceiros. Eu não quero ganhar nada. Só quero apresentar a aula que a gente preparou." Mesmo sendo a primeira vez que eu falava em público, a aula foi bem boa. Quando acabou, fui pegando as minhas coisas e saindo. Ele me deu mais um esporro. Fui arrasado para casa.

Na segunda-feira, quando cheguei à faculdade, encontrei a menina que era líder da classe, a Mônica. Ela falou: "Parabéns!" Fiquei surpreso com a reação. Cruzei com meu amigo Guto, que também me deu parabéns. E eu sem entender nada. Passei por mais um amigo e ele: "Maneiro, gostei." E eu sem saber o que era. Por que tantas felicitações? Então Guto me contou: o professor André havia me indicado para a vaga de estágio no estúdio da faculdade. Todo mundo queria trabalhar ali. Eram quatro vagas, e o André podia escolher um. Ele me escolheu e mudou a minha vida.

Meu trabalho era cuidar das gravações no estúdio. Além de passar os dias num estúdio de áudio, ainda ganhei bolsa na faculdade. Alegria total para os meus pais. De uma vez só, eu estava trabalhando e eles não precisavam mais pagar a faculdade. Eu ralava para cacete! Comecei a dominar tudo no estúdio. Não demorou muito e, com uns amigos, resolvemos apresentar para a direção da faculdade o projeto de uma rádio interna para os intervalos das aulas. Eu, o Guto e o Heleno. Não me lembro do nome do programa, mas era de música negra. A gente informava e tocava música. Era rádio de caixinhas de som espalhadas pela faculdade. Nelson Meirelles, que depois produziu o Cidade Negra e O Rappa, também estava por lá e fazia outro programa, o *Batmacumba* – ele e o André Miranda, filho do artista plástico Luiz Áquila. André foi o primeiro DJ que ouvi tocar *dub*. *Batmacumba* era um programa de reggae bem underground. Eles também faziam uma festa, e foi numa dessas que conheci o Nelson. Na época era difícil conseguir os discos, e eles tinham acesso a muita coisa que não chegava ao Brasil. Formei muito meu ouvido com aquelas audições.

Nos tempos da faculdade, ia com frequência a shows de bandas punk no Circo Voador. Não curtia o som, mas a atitude. Ficava lá em cima na arquibancada, sozinho. Adorava observar os vocalistas com seus discursos inflamados: "Porque o *probrema*..." Me intrigava perceber como as pessoas começavam a se organizar, a questionar as coisas com tão pouca informação. Adorava aquele clima underground. Muitas vezes eu não tinha dinheiro para pagar o ingresso e acabava pulando a grade. Fiquei uns dez anos pulando a grade. Era uma merda, porque eles enchiam de graxa e eu ficava todo cagado. A solução foi passar a levar duas camisas.

Gostava da atitude punk, mas, do ponto de vista musical, gostava mesmo era da black. Fui me especializando, e as pessoas da Lapa começaram a perceber que eu era *o* cara da música black. Houve um festival no Circo chamado "Stop Apartheid". Chamou minha atenção a quantidade de bandas de reggae que eu nem sabia que existiam. Vinham da Baixada Fluminense. Lembro-me de uma delas, a Sombras que Surgem, que tocava funk com latões de lixo como instrumentos. Era tudo bem inusitado. Bandas de reggae e funk, mas com uma atitude punk. Fiquei enlouquecido com aquela nova cena que se abria: "Caralho, de onde vêm esses caras?"

Naquela época, na Zona Sul do Rio, a gente escutava bandas de rock dos anos 1980. Cheguei a curtir algumas, mas cantar que a menininha do Leblon não olha mais para mim era o fim da picada. Não me dizia nada: nenhuma menina do Leblon nunca tinha olhado para mim e nunca olharia. Caguei se o cara usava óculos ou não. Eu sempre gostei do som do Paralamas, mas aquelas letras não me representavam.

Fui procurar quem podia me proporcionar algum tipo de identificação. Busquei na Baixada. Quando cheguei lá, me encontrei com a postura punk e com a música negra. Ainda muito tímido, ficava sozinho nos shows. Nenhum dos meus amigos tinha interesse naquela cena. Eu mostrava os discos, as músicas, e eles: "Isso é muito ruim, música africana, reggae..." Nego estava numa de virtuose.

Na Baixada, conheci um cara muito legal: o Adoteeu. Foi criado num orfanato e, desde pequeno, quando as pessoas iam lá, pedia sem parar: "Adote eu, adote eu." Acabou virando Adoteeu. Adoteeu tinha uma carreira solo de reggae. Ele chamava bandas para acompanhá-lo. O KMD-5 tocava com o Adoteeu. Isso de um músico de uma banda tocar com outra era muito comum, já que não havia tantos músicos e muitos não tinham grana para os instrumentos e equipamentos. Assim, eles se revezavam – um tocava para o outro. Percebi que havia uma unidade, um movimento, uma cena. Mas eu ainda tinha muitas perguntas. Eles se conheciam de onde? Que cenário era aquele? De onde vinham? Tudo isso me interessava.

Quando cheguei à Baixada, a banda mais reconhecida era a Lumiar. Mais tarde ela mudou de nome e passou a se chamar Cidade Negra. Nelson Meirelles já estava por lá e foi fundamental para dar uma cara, um conceito, organizar o som do que virou o

Cidade Negra. Eles não estavam testando mais nada e eram impressionantes. A banda era muito boa e virou uma referência na Baixada. Ainda mais porque começaram a aparecer, especialmente depois de serem contratados pela Sony para gravar o primeiro disco. Foi uma injeção de ânimo, pois apontou um caminho, mostrou que era possível.

Eu já curtia o KMD-5, que fazia um som mais pesado, mais rude. Era diferente do reggae que rolava por ali. Fiquei fissurado no que eles faziam. Fui para a faculdade na semana que se seguiu à do show do Circo usando uma camisa que tinha comprado no evento. A menina que tinha produzido, Daniela, trabalhou na Sony o maior tempão e também estava fazendo faculdade na Facha. Ela passou por mim e perguntou: "Você foi lá?" E, depois de alguma conversa: "O KMD-5 está precisando de baterista."

Eu tinha um amigo, o Marcelo, cujos pais tinham ido morar nos Estados Unidos para fazer curso para a usina de Angra. Ele acabou ficando lá um tempão e ganhou o apelido de Gringo. Era todo ligado em roupas e sagaz para caramba. Ele tinha uns negócios de fazer bateria. "Você não queria arrumar uma bateria? Tô querendo trocar umas peças por umas roupas, topa?" Não pensei duas vezes. Fomos lá para casa, abri o meu armário – ele foi pegando e eu puxando. Ele pegava uma camisa e eu puxava um prato. Ele pegava uma calça e eu puxava um pedal de bumbo. Foram as primeiras peças de bateria que tive. Passou um tempinho e perguntei para a Daniela se o KMD-5 já tinha arrumado o batera. Ela botou a maior pilha para eu ir lá tocar com eles. O problema é que eu não tocava nada nem tinha uma bateria completa. Ficava escutando os discos e tocando no sofá. Ouvia um som e pensava:

"Isso eu consigo fazer." Era como se lesse um manual de instruções de como dirigir e aquilo me dispensasse das aulas de direção. Não tinha a prática. Mesmo assim fui lá, dei o meu jeito e os caras gostaram. Passei no teste de direção sem nunca ter guiado o carro.

Tinha dificuldade para segurar a baqueta junto ao aro da caixa – minha mão sangrava. O primeiro show foi de comemoração da emancipação de Belford Roxo. A gente crente que ia rolar alguma grana, ajuda de custo, e nada: ganhamos pastel com caldo de cana. Fazíamos muitos shows para o movimento negro, nunca havia dinheiro. Era pauleira, pois ensaiávamos lá na Baixada cinco dias por semana. Eu ensaiava e ia para a faculdade estudar e trabalhar. Comia cachorro-quente, carne moída e uma vitamina que já ficava pronta no copo na Central do Brasil. Fui para um lugar com pessoas que eram de uma classe econômica mais baixa que a minha.

Com o KMD-5, depois de um tempo, minha pegada ficou mais profissional. Ainda assim, a vergonha persistia – a ponto de não convidar ninguém para os shows. De qualquer forma, integrar a banda me fez pertencer a alguma coisa. Por mais que fosse um mundo difícil, era um novo universo que eu estava descobrindo. Perto da casa da galera da banda, havia a tal montanha de lixo que sempre me impressionou. Estava com um deles e falei: "Foda ter uma montanha de lixo aqui enquanto na Zona Sul um carrinho lava a rua." O cara não acreditou, ele ria de doer a barriga: "Está pensando que sou otário? Está de sacanagem comigo? Que carrinho para limpar as ruas o quê!"

Já membro da banda, comecei a ver que podia também fazer letras para as músicas. Escrevi a primeira, que se chamava "BF", de Baixada Fluminense: "As margens da cidade grande, muitas coisas que você olha, mas não vê, coisas que não vivem onde mora o poder." Fui realmente fazendo parte da banda não só como baterista. Estava aprendendo a tocar com eles, já tinha uma noção de arranjo e muita informação musical. De alguma forma, com o tempo, isso foi causando certo incômodo: como eu, que estava aprendendo a tocar com eles, podia me meter nos arranjos, nas composições e até nas letras?

Muita gente me enxerga como letrista. A verdade é que também faço muitas músicas e só depois coloco as letras. Entendo muito pouco de harmonia e teoria musical, mas posso chegar num piano e tocar. O pouco que sei é suficiente para compor.

O KMD-5 foi ganhando espaço e respeito. Depois do Cidade Negra, éramos a banda de reggae da Baixada. Tocávamos muito. Dida, o vocalista, organizava umas festas no quintal de casa, e sempre nos apresentávamos. Também tocávamos muito no NEC – Núcleo Experimental de Cultura –, ligado à UNE, a União Nacional dos Estudantes. O trabalho evoluía, o público ia gostando, e o Cidade já fazendo sucesso pelo Brasil. Se eles tinham conseguido, a gente também podia.

Acreditávamos que o reggae seria a bola da vez. Surgiram várias bandas naquele momento. Nelson era muito importante para o Cidade Negra e também para o movimento. Era um cara que tinha grana, os discos e a coisa de organizar, produzir. Ele fez o Cidade Negra acontecer.

Apesar de tudo, o movimento esperado não aconteceu. Afora o Cidade, nenhuma banda foi contratada. Muitos que acalentavam o sonho de viver de música desistiram, alguns voltaram para o operariado. Toda aquela cena que vi na Baixada se perdeu. Anos depois, eu já nem estava mais na banda, o KMD-5 mudou de nome – passou a se chamar Negril e gravou pela BMG. O sucesso, porém, não aconteceu.

Fiquei uns cinco anos no KMD-5. Foi quando ganhei o apelido de Yuka. Eu esbarrava em tudo, derrubava um monte de coisas, desajeitado, desligava cabos. Maior uruca! E tinha um moleque ali na rua, o Anderson, que não conseguia falar "uruca". Ele falava "iuca". Nego achou engraçadão e começou a me chamar de Yuka.

Foram muitas as histórias na Baixada. Uma vez quase morri. Tinha um cara lá, o Bidê, que era tipo um miliciano local. Eu estava vendo um futebol que rolava na rua. Tinha outro cara, o Praxedes, que tocava percussão com a gente. Ele queria se chamar Praxedes, mas o bairro o chamava de Juca. Bidê estava dentro de um carro, de onde saiu com uma escopeta e falou: "Chega aí, Juca." Eu entendi que era Yuka e fui lá, andando: "E aí, o que foi?" E ele: "E aí é o caralho, rapaz. E aí o quê?" Não entendi nada. Ainda não conhecia o Bidê e retruquei: "Eu que te pergunto." Ele foi engrossando: "Nunca te vi, vai tomar no cu." Saquei que o clima podia esquentar e fui saindo. Ficou por isso mesmo.

Outro incidente desse Bidê foi com o Lauro, que eu acabei colocando para ser baixista d'O Rappa. Estávamos a caminho da minha casa na Tijuca, num sábado. Bidê sempre esculachava o Lauro, chamando de macaco e coisas do tipo. Veio o fusquinha do Bidê, ele deu um cavalo de pau. Lauro mandou: "Hoje eu não vou deixar. Esse cara, toda vez que me vê, joga o carro em cima e me chama de macaco. Hoje eu não vou deixar." Abaixou e pegou uma pedra no chão. Bidê avistou o Lauro e jogou o carro em cima da gente. Nós nos atiramos de encontro a um muro. O cara passa e fala: "Aí, macaco!" Foi ele acabar de falar e o Lauro tacou a pedra. O sujeito saiu do carro: "Você vai morrer agora! Eu vou te matar." Tinha uma mulher no fusca gritando: "Não faz isso!" Bidê estava uma pilha: "Vou te matar agora." Só que ele não estava armado. Mesmo assim, mandou: "Vou buscar a arma." Entrou no fusca e saiu. Desespero total, tumulto. Bidê voltou com o revólver. Sabíamos que não adiantava fugir, tínhamos que fazer a cabeça dele para relevar. Fui tentando desenrolar: "Porra, peraí, o cara tá nervoso, cheio de problemas." Fui dando muita ideia no Bidê. Conseguimos! Essa foi a primeira vez que, de alguma forma, salvei a vida do Lauro.

Eu estava me dedicando muito ao KMD-5. Ia para a Baixada cinco vezes por semana. Puta ralação. Um dia chego lá e tem uma reunião falando que iam me tirar. Isso porque teriam que ensaiar todos os dias, e eu já tinha dito que mais de cinco vezes na semana não daria. Não tinha condição física nem dinheiro. Resultado: me mandaram embora e eu entrei em depressão. Eu tinha um gravador pequenininho do Paraguai. Ficava trancado no meu quarto e passei a gravar minhas ideias. Fazia a linha de baixo com a boca e gravava. Colocava essa gravação num outro gravador. Dava play e gravava as partes da bateria. Comecei a fazer as minhas músicas.

Com essas bases construídas de forma tão improvável, me dediquei a escrever umas coisas. Muitas das músicas do primeiro disco d'O Rappa vêm dessas fitas. Uma linha de baixo de que gosto muito é a de "Todo camburão tem um pouco de navio negreiro". Essa eu fiz na boca. Depois, quando montamos O Rappa, passei para o Nelson. Sempre fui um cara que pensou no formato e no caminho musical – nunca foi uma coisa só de letra. Eu montei a sonoridade d'O Rappa. Pode soar prepotente, mas é a verdade, sei o que fiz. Não estou querendo diminuir o talento dos outros membros da banda. Simplesmente, naquela situação, eles não conseguiam ver o que eu via.

Nessa mesma época, rolavam algumas festas bacanas no Rio. Tinha aquele negócio de conseguir os discos e tal. Eu vivia nos sebos e gravava uma porção de fitas cassete. Era fissurado em música. André Miranda, DJ, me disse um dia: "Você tem que conhecer um cara, porque ele curte o mesmo som que você." Era o Skunk, que depois formou, com Marcelo D2, Rafael, Formigão e Bacalhau, o Planet Hemp. A galera se reunia nesses points da Zona Sul. O mais frequentado era um boteco que havia ao lado do cinema Estação Botafogo. A galera ficava ali bebendo e trocando muitas ideias. Foi lá que conheci o Skunk, e logo ficamos bem amigos. Depois o Skunk me apresentou ao D2 e ao BNegão. Com essa galera, me senti novamente integrando uma cena. Já não estava tão ligado à Baixada e passei a pertencer ainda mais ao universo da Lapa.

Não ia mais sozinho assistir aos shows, agora ia com a galera. Antes de entrar, a gente ficava bebendo cachaça do lado de fora. Certa vez, o Jorge Beatnik, uma espécie de guru, chegou para mim: "Você que é o Yuka?" "Sim", respondi. Ele se mostrou surpreso: "Eu jurava que você era negro." Jorge foi meu companheiro de muitas idas ao Circo. Ali também comecei a resgatar as coisas mais antigas do samba e da música brasileira. Um dia o D2 pediu para ir lá em casa ouvir os meus discos. Queria misturar a música brasileira, o samba, com rap.

Não tinha noção de quanto nossa música é poderosa. Quando eu era pequeno, meu pai comprou uma vitrola que vinha com um disco do Erlon Chaves de brinde. Naquela época, quem fazia muito sucesso era o Simonal. Foi ele quem trouxe essas influências de musicalidade negra americana – o orgulho de ser negro – para uma mídia maior. Ele tinha programas na TV e era referência total. Não só de música, mas de comportamento. De todo modo, o disco do Erlon Chaves me marcou. Passei anos ouvindo, ainda que tenha comprado primeiro um do Barry White, bom até hoje. Também escutava muita música com os meus primos. Os sons black que buscava tinham origem nas referências do meu pai, dos meus primos, do rádio. Não escutava muito rock, não tenho Led Zeppelin na minha vida.

Depois do KMD-5, segui neste meu caminho sempre muito ligado ao reggae e próximo ao Nelson Meirelles. A gente virou chapa, fui construindo afinidade com ele. E continuava forjando as minhas bases. "Sujo" também é dessa época. Eu fazia as músicas, mas não mostrava para ninguém. Um cara que chegou junto foi o Carlinhos, baixista lá da Baixada. Chegamos a montar uma banda, Conexão Xangô, que durou pouco. Ele não tinha grana para se deslocar toda hora para a Zona Sul. Ensaiávamos num estúdio e um cara ficava me pedindo para tocar com a gente. Era o Xandão, que depois fez parte d'O Rappa. Ele tocava uma onda mais jazz e não tinha um lance que eu imaginava para o nosso som. Mal sabia eu que o Xandão se tornaria, anos depois, um dos caras que mais me prejudicou na vida.

A banda acabou, mas estava para rolar uma turnê do Papa Winnie no Brasil. Ele precisaria de uma banda para acompanhá-lo por aqui. Nelson Meirelles estava nessa e me chamou. Foram muitos shows. Lobatinho, que também formou O Rappa, fazia parte dessa banda do Papa Winnie. Durante a turnê, o Carlos Townsend, empresário desses shows, ia marcando outros. Foi a primeira vez que toquei para grandes plateias e vivi a experiência de estar na estrada. Foi a partir dessa banda, dessa turnê, que O Rappa foi formado.

A história é feita pelas pessoas

Sou o campeão de ser "saído" de bandas. Ou seja: o problema é também comigo. Eu me pergunto: o que deixo nas bandas? Crio coisas, mudo direções, invisto em conceitos. Existe um legado que é difícil de apagar. Uma coisa que incomoda a alguns é o fato de eu nunca ter sido um bom músico. Como um cara que não é bom músico pode interferir tanto? Propor tanto? Guiar? Porque o norte é sempre apontado pela segurança, e não pela fragilidade. Hoje entendo que, se alguém me chama, tem que saber o que sou, que busco um conceito. Eu sou poeta.

Com O Rappa, eu estava borbulhando, com muita força, segurança. Sou um cara desorganizado, mas extremamente focado. Enquanto neguinho está fodendo, namorando, indo ao cinema, bebendo, eu posso estar fazendo tudo isso sem deixar de trabalhar, totalmente conectado. Já me disseram várias vezes que tenho o tal do DDA, distúrbio de déficit de atenção. É uma grande quantidade de energia. Quando você vê o Falcão pulando para cá, para lá e cantando, essa coisa do *frontman*, que chama a atenção, é uma puta energia. A minha, porém, é em outro sentido – e ininterrupta: não termina quando desço do palco. Isso me faz mal.

No momento estou fazendo um disco, e preciso de uma baita humildade para ouvir do produtor que as minhas músicas estão uma merda. Apolo, o produtor, curte uma onda anos 1980, e eu tenho o maior problema com música dessa época. Na hora falei: "Bicho, essa não é a minha praia." Depois pensei: "Mas é exatamente por isso que estou vindo aqui." Quero fazer uma curva na história: não vai deixar de ser eu, mas preciso respirar outras coisas. E a música tem a possibilidade de ser uma coisa conjunta em que o outro pode surpreendê-lo. Tive que voltar atrás, ser influenciado pelo Apolo, respirar, entender.

Eu vejo que o senso comum quer que eu continue a compor músicas como "Todo camburão tem um pouco de navio negreiro", "Tribunal de rua" ou mesmo "Minha alma". As pessoas esperam que eu siga com esse discurso. Muito mais que um tema, sou e quero ser um ponto de vista sobre um tema. É isso que precisam entender. Já me mandaram monografias de faculdade que analisavam minhas músicas. Uma menina me disse que tem um ponto de vista psicológico sobre a coisa. Olha: "Faltou luz, mas era dia, o sol invadiu a sala, fez da TV um espelho refletindo o que a gente esquecia." No decorrer da canção, você consegue escutar o "som das crianças brincando na rua como se fosse um quintal, a cerveja gelada da esquina como se espantasse o mal". Você consegue visualizar o mundo que estou propondo. Mas é por uma condição emotiva, poética. É diferente da narrativa do hip-hop. Eu não narro violência como um filme de ação. Não! E cheguei a compor canções ingênuas, mas que fizeram parte do meu processo. Aquelas com que as pessoas se identificam ou que posso reconhecer como o melhor do meu trabalho representam a percepção psicológica de uma situação. Em "Tribunal de rua", mais do que falar da violência policial, falo sobre um momento em que as pessoas duvidam do biotipo de alguém. Baseadas em quê? É tudo meio visual. Muito mais que uma dura policial, eu questiono construções de valores que estão ali naquela cena. Quem está sentindo o quê? O cara dentro do carro está sentindo o quê? O policial está sentindo o quê? O cara da dura está sentindo o quê? O que me emociona, a minha procura, sempre foi a do sentido. Não é algo com propósito de dar consciência. Quando consigo me comunicar, é sinal de que a sensibilidade que me fez parar para defender aquele assunto foi a mesma que emocionou outra pessoa – o que ela vai fazer com essa emoção, eu não sei.

Há pouco tempo um tatuador veio me dizer uma das frases que mais ouço das pessoas: "Como o seu trabalho mudou a minha vida!" Ouço desde 1998. Não é "essa canção é legal", "fui a um show que arrebentou". Não é isso. O movimento solitário da pessoa com a canção foi o que sempre me comoveu. Eu tenho uma relação pessoal com o Jorge Ben Jor através da obra dele. Não conheço o Caetano, mas tenho uma relação pessoal com a obra dele. O compositor norte-americano que mais me influenciou foi o Gil Scott-Heron. Quando vi esse cara pela primeira vez, falei: "Se ele fosse dono de igreja, eu seguiria." Por isso entendo e sei que talvez esse seja o meu maior legado – e o meu maior prêmio.

Tenho orgulho de alguns sucessos, das melodias que me vêm à cabeça. Esse lado musical ficou ainda mais forte com a imobilidade. A poesia que faço hoje, e que agora coloco em música, não é fácil. Nem sei se vou me comunicar. É a vitória de um homem sozinho, do garrancho, do português mal escrito, do pedaço de papel que ninguém viu. Esses cadernos largados, esses caquinhos de frase que vamos deixando por aí, essas coleções de sentimentos produzidas no banco de trás de um ônibus. Como isso adquiriu tamanha proporção?

O Rappa é pop. Eu não sou pop. E não porque não queira, gostaria muito, mas simplesmente não sei ser. Eu durmo uma semana ouvindo Roberto Ribeiro: "Todo menino é um rei, eu também já fui rei..." Puta que pariu! Mas eu não consigo fazer nada parecido. Falcão faz melodias maravilhosas. E, para mim, é um grande ator. Como tal, ele interpretou coisas que eu disse e sei que, até hoje, não entende o que está cantando. Aliás, na grande maioria das músicas, ele nem sabe o que tem ali. Se soubesse, não cantava pelo menos duas canções que fiz falando dele. E ele ganha o mundo cantando uma coisa dessas, que fiz lamentando por ele. O Rappa é um sucesso, e o que eles são hoje representa um êxito muito maior do que na época em que fiz parte da banda, quando pude estar ali. São um êxito comercial, muito mais do que uma banda de conceito. O que ainda tem de conceito foi o que restou da minha época. Isso mostra que são visões de mundo completamente diferentes. Durante um tempo, convergimos, e acho que fizemos coisas legais.

A construção d'O Rappa é a construção de um encontro virtuoso, mas de uma decepção também. E de como o dinheiro é capaz de transformar as pessoas. Alguns deles me pediam "por favor" para entrar na banda que eu estava montando. Foi o caso do Xandão. Com O Rappa, viajei o Brasil todo, boa parte do mundo.

Mas havia uma sensação horrível instaurada, logo depois dos dois primeiros anos, de ter que equilibrar os egos, conviver com coisas que jamais imaginei. Primeiro, você acha que é imaturidade, que todos podem crescer. Mas aí tudo vai ficando pior. Era justamente o contrário do que estava nas letras.

Marcelo Falcão é um grande ator: talentoso não só na arte de cantar como também na de iludir. A sombra disso é a covardia. A gente vivia uma geração em ebulição, confiando naquilo. E, quando começa a dar dinheiro, tem que cuidar mais ainda. Foi aí que fodeu, que a pequenez humana ganhou espaço. Todos ali são bons músicos. Já no meu caso, costumo dizer que nunca fui bom músico, mas sempre fui alguém de conceito.

Meu momento de maior alegria n'O Rappa foi quando o clipe de "Minha alma" ganhou vários prêmios na MTV. Foi uma aposta muito grande. Chamei meus amigos Paulo Lins e Kátia Lund, e a gente ficou três meses se encontrando quase todo dia, discutindo o roteiro. E eu insistindo naquela direção de mostrar cada vez menos a banda e mais as ideias. Por mim, no clipe de "Minha alma" a gente não sairia da cena do barzinho, sentados tomando cerveja. Não precisava ter havido conflito ali. As poucas imagens da banda foram por insistência do Falcão e porque o clipe tinha que ter alguma referência à banda, razão de a gravadora estar pagando.

Na edição, quando mostramos, chegou um momento que eu disse não. Bati o pé: "Chega de imagem da banda!" Uma aposta minha, pessoal. Ninguém sabia quem eram Kátia Lund e Paulo Lins. Se tudo desse errado, a culpa seria minha. Só falamos sobre isso de novo no dia em que ganhamos o prêmio. Na hora de receber, Falcão veio com aquele discurso cheio de agradecimentos.

Eu sabia que a gente tinha que construir uma informação além da música. Aquele é um dos poucos videoclipes que, se você tirar o som, cumpre seu papel. Além disso, conferia um protagonismo àquela molecada que estava atuando.

O êxito foi total. Quando apostei, sabia que o terceiro disco tinha que ser emblemático, algo que empurrasse o nosso conceito. Hoje, se alguém escuta o *Lado B Lado A*, ele é um disco pop. No momento em que saiu, Sérgio Afonso, presidente da Warner, falou: "Fodeu! Adorei o disco, mas para botar na rua só tem uma música que fala de um beijo." Eu insisti, briguei muito por aquele disco. Foi um dos momentos felizes. Insisti em ter a produção do Bill Laswell. Uma das maiores felicidades da minha vida foi o encontro com o Chico Neves, que produziu junto. Tudo caminhava para a gente gravar novamente com o Liminha, com quem tínhamos feito o *Rappa Mundi* (apesar de, conforme já relatado, eu ter medo do Liminha a ponto de deixar a baqueta cair).

"Minha alma" arrebentou – clipe e música. Ainda assim, o clima da banda era estranhíssimo, as pessoas raramente estavam na mesma sintonia. Foi ideia minha cortar o som da banda e começar a canção só com a voz do Falcão. Aconteceu na mixagem lá no Real World, estúdio do Peter Gabriel, na Inglaterra. Na gravação, o Xandão foi bem ausente, assim como o Falcão. Quando chegou a hora de mixar, o Falcão mal ficou no estúdio – foi para Amsterdã com a namorada e o irmão. Quando chegou, reclamou que queria um cara rasta para mixar. São coisas assim, sintonias diferentes. "Minha alma" é bem significativa de como as coisas se davam n'O Rappa. Foi a primeira música que mostrei depois da reunião em que eles falaram que não queriam mais músicas minhas. A banda demorou a acontecer e, quando a gente começou a ser notado, foi muito mais pelas letras. O conceito d'O Rappa veio antes do reconhecimento pela música em si.

Quando houve essa reunião, eu achava que meu trabalho estava começando a trazer reconhecimento para o grupo. Foi um evento traumático, decepcionante e parecia uma traição. Íamos começar o terceiro disco, o *Lado B Lado A*, e eu me envolveria simplesmente como músico: iria tocar e pronto. Isso foi algo decidido por eles sem a minha presença. Depois disso, levei meu caderno de rascunhos para casa, mas o caderno não parava porque eu funciono também na adversidade.

O caderno foi se enchendo de letras e, quando escrevi "Minha alma", senti de cara. Foi como quando escrevi "Todo camburão tem um pouco de navio negreiro" e algumas outras. Percebi logo que havia alguma coisa forte ali. Saiu de supetão. No dia seguinte, fui para o ensaio e, uma semana depois da reunião, eles vieram conversar me pedindo para levar o caderno e voltar a compor, já que não estava saindo nada. Eu disse que iria mostrar algo em que eu realmente acreditava. Tinha que ser foda! Além do fato de eu saber que era o nosso terceiro disco, e que não dava mais para bater na trave – era preciso atingir outro patamar. Atualmente, nem mesmo ao primeiro disco é dado tempo. Naquela época, o terceiro disco era o "ou vai ou racha".

Apareci no dia seguinte com a letra de "Minha alma" no bolso. Quando fui pegá-la, tinha perdido. "Puta que o pariu, caralho, que merda!" Disse que ia ao banheiro e fui até o carro procurar a letra, que não estava lá. Fui então, de fato, para o banheiro e escrevi essa "Minha alma" que está aí, com as lembranças que eu tinha da versão original. Para mim, essa versão é muito pior do que a primeira que havia escrito. Nunca encontrei a letra original. É um paradoxo, já que talvez seja a minha música mais conhecida. Eu gosto dela, mas sempre fico achando que a outra era melhor. Se gostam dessa merda, imaginem da outra!

Existem músicas que fiz tentando me proteger e me poupar das figuras deles, do que me incomodava neles – não da diferença de cada um, não do que não gostávamos uns nos outros. Até porque tive bons momentos com eles, em que ríamos muito. Mas tenho senso de observação e, como todo mundo, um lado ruim. Naquele momento, eu imaginava que, vinte anos depois, olharia para o passado e teria orgulho do que vivera com eles. Achava que lembraria que estiveram comigo nos momentos mais importantes da vida. Bons e ruins. Isso me dava gás para suportar o que acontecia.

Até hoje os sucessos d'O Rappa são as minhas músicas, ainda que tudo seja menor agora. Não acredito na vingança como algo que vá me fazer bem. Isso não quer dizer que amanhã eu vá tomar uma cerveja com eles. Não sou otário. Só não posso deixar esse sentimento tomar uma dimensão insuportável. Minhas virtudes foram construídas pelas minhas fraquezas. Escrevo para me salvar, para suportar a vida.

"Me deixa" também foi feita nessa época tão difícil com O Rappa, quando eles resolveram não querer mais minhas músicas. E tudo isso se deu no *Lado B Lado A*, considerado por muitos o melhor disco da banda. A gente estava fazendo a pré-produção num estúdio e o Falcão nunca ia. Todos aqueles encontros se mostravam improdutivos: eles não levavam músicas, o vocalista não aparecia e a gente ficava tentando criar umas bases que jamais saíam. A banda aguentou assim durante meses, sem a presença do Falcão (e eu lá, indo trabalhar todos os dias).

Um dia, Samantha me ligou. O convite era para dar uma volta na praia, tomar um suco. Foi chegando a hora do ensaio, e ela pediu que eu continuasse com ela. Fiquei dividido. Na época, estava ouvindo muito uma música do UB40 do disco *Rat in the Kitchen*. Ela falava do cara que queria ficar com a mulher amada, mas que precisava trabalhar. Eu não tinha uma relação de homem e mulher com a Samantha, mas fiquei com a música na cabeça. Fomos tomar um último suco. Nessa hora, associei o fato de eu não ir para o ensaio com tudo o que você pode fazer quando é desobediente. Peguei esse gancho: às vezes, é preciso desobedecer – nem que seja a si mesmo.

Muitos autores falam que a ideia original de uma música era totalmente diferente da forma como o público a recebeu. "Me deixa" é um pouco isso. As pessoas têm um entendimento diferente da minha intenção. Naquele dia não fui ao ensaio e ao mesmo tempo entendi que não tinha coragem de dizer não para muitas coisas – que poderiam dar certo caso eu desobedecesse. As pessoas não percebem esse caráter da música. Gosto de criar certa ambivalência, até para permitir que as pessoas criem seus significados. Cada um tem a própria leitura. "Me deixa" é como um grito de liberdade. Vejo as pessoas cantando com um sentido bem amplo. Para mim, é cantar a possibilidade de fazer greve contra nós mesmos.

Mesmo com toda essa explosão criativa, eu tinha que matar um leão por dia. Era o tempo todo o cara tentando me minar. Na pré-produção, o Falcão nunca comparecia, mas cinco meses após os tiros me condenaram porque não fui sei lá aonde. Eu tinha acabado de tomar nove tiros, estava todo fodido, não sabia o que fazer da minha vida, numa puta depressão. Falcão, no melhor momento físico dele, para gravar o *Lado B Lado A*, não ia.

A opção mercadológica d'O Rappa foi uma questão de opinião do Falcão. Ele realmente queria ter mais público para ganhar mais dinheiro. Queria ser reconhecido na rua. Isso puxou todo mundo. Foi uma posição clara e, nesse sentido, ele foi honesto. O desejo de dinheiro não é pecado. Por outro lado, eu tinha a opinião do som e do que queria que fosse dito. Tinha isso cada vez mais claro na cabeça. Sabia o que era preciso fazer com o *Lado B Lado A*, então fui até a banda: "A importância deste disco é que a gente tem condições de defender um conceito!" Para mim, esse era o caminho natural de um artista numa época em que o acesso à informação não era tão fácil quanto é hoje. Fui até a banda e tive que peitar.

Eu achava que não dava para fazer com o Liminha, e o Lobato foi quem falou do Chico Neves. Quando conheci o Chico e o estúdio que ele estava montando, disse: "Caralho, é aqui." O estúdio do cara é uma caverna, um quarto apertado, mas que faz um som do caralho. Não é o espaço, não é a grana, é um ponto de vista, é o fuçar, o cutucar. O Chico é um mestre.

Uma maneira clara de ver como esse disco é importante é que ele vem sendo replicado até hoje. O Rappa é hoje a maior banda cover de si mesma. Foi muito esforço para fazer o disco, e tem o meu legado. Um que também se esforçou para torná-lo possível foi o Lobato, musicalmente o mais digno, o mais preparado, mas que igualmente se deixou seduzir pela pequenez.

O que aconteceu comigo foi o seguinte: como eu não era protegido pela lei, eles me mandaram embora, mesmo sendo eu o responsável por boa parte do conceito, do sucesso d'O Rappa. Então só posso achar que houve maldade. A maldade é: "Como vou ganhar mais?" Os caras foram gananciosos e me tiraram. Em nenhuma outra empresa eu poderia ser mandado embora naquela situação, mas fui demitido da banda que criei.

Fui tirado da banda 50% por ganância e 50% por poder. Irônico, pois meu sucesso aconteceu justamente por me posicionar contra a ganância e o poder. Como as pessoas que cantam o que cantam, cantam o que escrevi, podem ter agido como agiram em uma situação tão difícil? É desumano, mesmo que não exista nenhuma amizade. Em um momento da reunião em que me colocaram para fora, falei assim: "Vamos tentar resolver isso, pelo menos, como amigos." Xandão rebateu: "Quem disse que sou teu amigo?" Caralho, eu sou padrinho da filha dele! Uma semana antes eu tinha feito "Ninguém regula a América". Ele me chamou para conversar e, com muita dificuldade, fui jantar na casa dele. Adoro a esposa do Xandão. Ele chegou para mim e falou: "O pessoal do Sepultura chiou com esse negócio de 50% da música ser sua pela letra." Eu falei: "É por lei e fui eu que fiz, mas tá na boa e vamos dividir tudo igual." Logo depois disso, na primeira oportunidade que o cara tem, me manda embora da banda. Eu assino papéis dividindo a música e me tiram. Ainda bem que, nas outras músicas, eu ganho pelas letras. Eu, na cadeira de rodas, chorando, gritando de dor, deprimido. O que aconteceu foi maldade!

Eles tomaram a decisão de me tirar da banda por eles mesmos, porque quiseram. Não foi pressão de gravadora para produzir disco novo nem nada. E, mesmo que tivesse existido pressão, a gente já tinha suportado outras. As pessoas que ficavam em volta da banda chegavam e falavam: "Vai ser legal quando você puder fazer uns shows, participar dos arranjos, estar com a banda cumprindo um papel." Houve um show no Circo, e eles me receberam mal no camarim. Compareci à passagem de som, e ninguém me deu ideia. Na hora do show, Falcão, que nem me dirigiu a palavra no camarim, falou um monte no microfone: "Vou chamar um cara que é meu amigo e tal." Fez aquela encenação, e a plateia foi ao delírio. Fui ovacionado e nem toquei, pois não tinha condições.

Na mesma época, o Nação Zumbi foi fazer um show no Canecão. Eles me convidaram para participar. Quando cheguei lá, estava no letreiro: "Nação Zumbi, participação especial Marcelo Yuka". Foi uma coisa tão inesperada, tão carinhosa. Batemos uns tambores no palco e, no fim, eu e o Lúcio ficamos fazendo umas microfonias com os pedais da guitarra. Saí de lá achando que dava, autoestima lá em cima, otimista, motivado. Lembro também toda a movimentação que o Paralamas fez pelo Herbert. Será que eles não têm diferenças conceituais, ideológicas? Claro que têm. Mas, quando aconteceu o acidente do Herbert, uns três meses depois do meu, eles se fecharam. Até neurologicamente isso foi importante para a recuperação do Herbert ser humano, não necessariamente do músico. Isso me foi tirado!

Imagine a vida de alguém que leva nove tiros e fica aleijado. Eu não quero fazer um melodrama. Mas a história é um melodrama. É crucial. É radical. É determinante. E ali o determinante seria a dignidade, a hombridade, a ética, a amizade, o amor. Tudo isso eles não tiveram. E o pior é que, até hoje, eles não acham que erraram comigo.

Depois que fui saído, ainda ganhei por um ano como se estivesse na banda. Tiraram meu trabalho, mas achavam que, se eu estava ganhando ainda, devia estar tudo bem. Dinheiro nunca foi o mais importante para mim. Depois disso, fiquei com 2% da propriedade do nome O Rappa. À época, não tinha energia para lutar com um advogado. Havia tomado os tiros, ficado aleijado, na dor, e tinha sido expulso da banda. Fiquei sozinho: empresários ligados à banda, gente do mercado, muitos me falavam para deixar para lá e seguir em frente. Hoje não ganho mais nada d'O Rappa, apenas meus direitos autorais, coisa que a vida inteira eles tentaram me tirar. Da banda, não ganho nada. Graças a Deus! Também não tenho contato com nenhum deles, nem mesmo esbarro muito por aí. Sou bom em não ver fantasmas. Meu círculo social não se confunde com o deles, nem meu círculo financeiro. Eles são ricos, eu não.

Naquele período pós-tiros, escutei muita gente. Não consigo acreditar na história de que havia uma cobrança da gravadora por um novo disco. Amei muito o Tom Capone, que era o diretor artístico da Warner. Ele me incentivou, tentou muito que os caras estivessem comigo, mas eles nunca apareceram. Foi uma pessoa para quem me abri e que chorou comigo. Quando fui para o hospital em Brasília, ele foi junto, me dando força. Era um cara reconhecidamente generoso, do bem, querido. Mesmo que tivesse havido uma pressão da gravadora, foram várias durante toda a nossa carreira. Eu continuo tendo a mesma imagem do Tom.

Fui saído d'O Rappa e, cinco anos depois, montei o F.UR.T.O. Nesse meio-tempo, não fiz nada concreto. Tom Capone tinha me dado um Pro Tools, um programa para fazer minhas próprias mixagens, e eu fiquei enfurnado arranhando umas coisas, tentando ver como poderia me expressar musicalmente.

Por mais que o disco do F.UR.T.O. tenha sido ácido – e eu tinha direito a isso –, poderia ter sido até bem mais raivoso. Mas eu não queria. Tudo bem ser um disco pesado, mas esse peso vai ter uma função. Não pode ser um grito só meu: ele tem que servir. O que atrapalhou a coisa do F.UR.T.O. foi que se criou uma expectativa de que poderia rivalizar com O Rappa. É um disco de que gosto muito, mas a banda teria que cumprir um tempo de maturação que não aconteceria num primeiro disco. A outra complicação é que não era mais só eu. Éramos eu – um deficiente de 1,90 metro e 100 quilos – e, pelo menos, um enfermeiro. Não era fácil entrar no ônibus, subir no palco.

De qualquer forma, sobrevivi por causa daquele disco, que me mostrou que eu podia me expressar musicalmente de novo. Todas as pessoas envolvidas eram talentosas, legais para caramba. Jam da Silva tem uma carreira maravilhosa. Maurício Pacheco tem o Stereo Maracanã, toca com uma galera e é apresentador de programa na TV. Garnizé é excelente percussionista, um dos maiores que há, e hoje está no Abayomi.

A banda não foi além porque, principalmente, a gente não tinha infraestrutura para aguentar. Todo mundo dependia daquele trabalho para sobreviver. Uma vez que foi demorando, cada um teve que tentar outras coisas. O término do F.UR.T.O. não doeu tanto. Não foi uma questão de caráter, de falta de humanidade. Foi mais circunstancial. Eu gostaria de fazer um disco de novo com eles. Aquele é o disco em que estão as minhas melhores poesias. Ao menos até agora.

Lembrar O Rappa me deixa amargo, o que não gosto. Ao mesmo tempo, mesmo a distância, ainda amo muito a filha do Xandão, por exemplo. Um dia vou me libertar desses sentimentos, tenham eles feito o que fizeram ou venham ainda a fazer algo. Não queria que nossa história chegasse a isso. Queria ainda estar acompanhando a vida dos filhos deles, com quem convivi. É a vida! E a vida vale mais que a arte. Sinto falta das piadas, de quando a gente conseguia levantar um show que começara ruim. Muitas vezes, tive a crença de que éramos um corpo só, um corpo com a banda e com a equipe técnica. Tentei levar uma certa ingenuidade familiar a todos que estavam ali. Talvez tenha conseguido por um período, talvez não. Pelo que ouvi dizer, parece que hoje eles não dividem o mesmo camarim antes dos shows nem compartilham a mesma van.

Gostaria de falar de mais algum legado bom que tenha ficado para todos nós. Ao observar o trabalho deles, o caminho que trilharam, não me vejo fazendo parte. Acho que eu acabaria saindo da banda, mas essa decisão deveria ter se dado de outra forma – com mais consenso e mais carinho. O que me dói não é o fato de não estar mais lá, mas a forma como tudo aconteceu.

Eu estou vestido com as roupas e as armas de Jorge

Do dia fatídico, depois que os tiros começaram, eu não lembro mais nada. Eu me via explodindo de dentro para fora. A última coisa de que me recordo foi que engatei a ré e deitei. Depois, o braço explodindo. Quando acabou, o carro estava batido em uma árvore. Ele subiu um pouco na calçada quando fui dando ré. Cheguei a tentar puxar o volante, mas senti que meu corpo não tinha mais equilíbrio. Naquela hora, veio um entendimento claro: fiquei aleijado. Desde aquele momento, eu já sabia. Até me senti perto da morte, mas tinha certeza de que não ia morrer. Eu, lúcido, disse à primeira pessoa que se aproximou do carro que tudo tinha acabado para mim. Sabia que não ia morrer, mas a minha vida seria outra, me veio um racionalismo dramático e cruel.

Fui alvejado por dois tipos de munições ilegais que me fizeram, literalmente, estourar por dentro: a dundum, que explode, e a *hollow point*, que entra como se fosse uma broca. Foi essa a sensação exata, nada metafórica. Foram tiros no braço, no ombro, na coluna, embaixo do braço, perto do pescoço e dois na parte inferior da coluna. Esses foram os que me lesaram mesmo e me deixaram aleijado.

De repente, fiquei completamente lúcido. Muito mais do que podia ver em mim, via nos olhos das pessoas. "O cara está muito fodido", diziam em cochichos. Um médico chegou lá na hora. Provavelmente estava em casa, por perto, e veio acudir. Havia também uma menina enfermeira. Era muita gente e eu notava que essas pessoas viam a morte em mim. O incrível foi que isso não me pegou em momento nenhum. Tinha certeza de que não corria perigo de vida.

Nessa hora me veio Deus, mas em forma de música. E seu interlocutor se chama Jorge Ben Jor. No momento do desespero, descobri que não sabia nenhuma reza. Por mais que tivesse sido criado como católico, estudado toda a coisa da cultura negra, eu não encontrava dentro de mim nem uma frase sequer. Nunca aprendi. De repente, me veio "Jorge da Capadócia": "Eu estou vestido com as roupas e as armas de Jorge..." Essa música me salvou várias vezes, porque a necessidade de verbalizar um pedido místico de socorro veio na forma da canção.

Quando tentei me equilibrar de novo, segurando o volante, meu corpo já não estava mais ali. Meu braço parecia solto, caído, mole. Como o osso havia se rompido, os músculos e tendões não suportavam o peso. Meu braço estava dilacerado, tive que catá-lo e colocá-lo apoiado no colo. Estava fazendo a maior força e ouvia os tiros reverberando: "Pouuuuuu! Pouuuuuu!" A situação acontecia muito mais rápido do que eu conseguia processar. Veio o som do último estalo: "Pouuuuuu!" Me esforçava para permanecer acordado e lúcido.

Eu conservava intacta a certeza de que ficaria vivo, mas também tinha a clara noção de que estava aleijado. Aí, infelizmente, me veio a cara do Falcão e tudo aquilo de ruim que ele representava para mim. O destino conspirou contra mim e a favor dele. Ele conseguiu me tirar da banda, foi um conspirador astral. O curioso é que poucas pessoas no mundo me admiraram mais que ele. Ainda hoje, sou uma grande influência em sua vida. Ninguém fez mais a cabeça dele do que eu.

No instante seguinte a esse pensamento, me entreguei. Eu havia ficado paraplégico e não ia morrer. Eu não pertencia à morte. Não parecia que eu ficaria bem – pelo contrário. Então de onde vinha tamanha certeza? Foi essa segurança da vida, naquele momento, que me salvou. Era muito mais que uma certeza física, apesar da falta de lógica. Não provinha da minha intelectualidade nem do meu poder de raciocínio. O fato é que a certeza estava em mim.

Talvez tenha sido o momento mais espiritual da minha vida, como morrer para ressuscitar. Eu estava trocando de couro, deixando a casa do caramujo. Não sabia se ia virar uma borboleta, mas estava virando outra coisa. Todas essas mudanças que a natureza impõe devem doer da mesma maneira: a dor de virar outro. Se a borboleta pudesse dizer... Ela não sabe que vai virar borboleta quando está virando. É uma morte, porque é o fim. Na mitologia negra, o Exu tem isso. Uma coisa muito bonita. Pena que o Ocidente e o cristianismo aprenderam a tratar o Exu como se fosse o demônio. Mas não se trata disso. Exu é um orixá que representa o fim, porque ele é a coisa mais bela de todas: o começo.

Eu vivia o desafio de começar de novo, via a pedra no caminho para aprender que a topada machuca. Precisei passar por aquilo. Só hoje entendo aquele momento como o encontro com o Exu positivo: eu tinha a certeza da vida. Entre o casulo, a lagarta e a borboleta, nada me dizia que eu ia ter asas, mas algo me dizia que eu ia continuar. Se todos aqueles que estão perto da morte pudessem ter essa certeza... A gente seria como o mais bonito dos pajés, o mais abençoado dos lamas, porque poderíamos dizer para nós mesmos: "Vai doer, vai doer para caralho. Mas não é o fim."

Por outro lado, a certeza da vida era agonizante. Eu sabia que a pedreira seria muito maior. A sorte é que a gente só vai se deparando com as batalhas aos poucos, no dia a dia. No decorrer da vida é que nos deparamos com os "isso eu não posso mais, fazer xixi agora é assim, trepar é assado, preciso das pessoas". Se não tivesse sido dessa forma, aos poucos, eu não teria experimentado o sentimento pleno de insistir na vida.

Com a idade avançando, sinto que posso me relacionar melhor com minha própria finitude. Em alguns enterros, é comum que eu abra o berreiro. Choro para caralho. Foi assim no do Waly Salomão, como já contei, e também no do Tom Capone – dois grandes amigos. Não chorei de saudade, mas de gratidão. Não consigo lidar bem com a dor da perda.

Depois do acidente, a principal sensação era a da ruptura com Deus. Mais de dez anos depois, refletindo, me dou conta de que estava impregnado dele ali. Tudo para mim representa Deus: amor, bondade, compaixão. Muitas vezes esse sentimento não depende de dizer que se está com ou sem ele. Os nove tiros e todas as perdas decorrentes da deficiência motora criaram um vácuo e estabeleceram uma ruptura temporária com Deus no momento em que mais precisava dele.

O encontro com Deus se dá, na maioria das vezes, pela dor. Meu percurso foi inverso. Eu tinha muita fé: a Igreja dos Capuchinhos, no bairro da Tijuca, perto da minha casa, era o meu templo. Toda vez que o padre começava a missa, eu ia embora. O padre atrapalhava: eu queria o silêncio. As imagens também, todas associadas a sofrimento. Para completar, o som desses lugares é muito ruim.

Sempre gostei dessa ideia dos capuchinhos, de São Francisco, muitas vezes malvista pela própria Igreja por ser considerada comunista demais, de muito desapego. Mas a Igreja nunca atrapalhou a minha fé, que não é dogmática nem "dogmatizável". Eu posso estudar, respeitar, amar o cristianismo como cultura, como filosofia, não como dogma. Isso dificultou minha vida a cada segundo depois que acordei. O processo do pós-acidente é quase um *post mortem*.

Eu estava ferido dentro do carro e havia um compreensível caos do lado de fora. Uma menina foi me socorrer e eu tentei segurar a mão dela. Depois de alguns minutos, chegaram polícia e ambulância, e eu o tempo todo lúcido, sem chorar, sem indignação, sereno. A serenidade não vinha da calma. Eu estava em choque, era químico. Já nem sentia mais dor, ou talvez sentisse demais. Hoje não há um só momento em que não sinta dor no corpo todo. A exceção é quando faço sexo – segundo os médicos, isso acontece porque a mente está focada em outra coisa.

Eu tinha uma noção de tempo antes dos tiros e passei a ter outra depois. Um segundo, para mim, pode parecer uma hora ou o maior tempo perdido de uma vida toda. Eu já tive segundos, minutos, depois disso, que se tornaram uma eternidade impossível de descartar da minha alma. Até o socorro chegar, vivi um desses momentos. Quando entrei na ambulância, ela já tinha o perfil asséptico do hospital. Era fria, vermelha por fora e toda branca por dentro. Eu estava perdendo muito sangue. Comecei a sentir frio.

Estávamos eu, o enfermeiro – um negão grandão de pé – e uma tenente. Eu tentei pegar a mão dela, mas ela tirou: "Eu não sou paga para sentir pena de você. Sou paga para te socorrer." Naquele instante, tive certeza de que minha vida tinha mudado. O fato de ter tomado os tiros e ficado aleijado não era o que eu ia viver de mais cruel. O mais cruel era esse encontro com a dureza humana, já minutos depois do acidente. Nunca morri de amores pela figura do Cazuza, mas gosto muito daquela frase "Eu vou sobrevivendo (...) da caridade de quem me detesta". Isso me dói.

Sei que tenho que procurar entender o limite do outro. Mas é inevitável pensar: estou no pior da minha condição e ele não faz nem isso por mim? Talvez ele possa fazer outra coisa. Talvez não possa, ou não queira. Tive que aprender a lidar com isso. E ver que é necessário, porque as pessoas criam esse comportamento como uma defesa.

Quando vou à cadeia realizar trabalho social, não estou sustentando um papel, um mito. Não tenho obrigação de estar ali. Eu me sinto apenas orgulhoso pela possibilidade de amor. E penso como posso dar – ou ao menos tentar dar – o meu melhor para um preso que nunca vi. O amor maior, o consanguíneo, também não se expressa como esperamos. Ele é o mais fácil de se cansar e se mostrar intolerante, justamente por ser tão íntimo, intenso, genuíno e verdadeiro. Foi a partir desse tipo de reflexão que passei a lidar melhor com o comportamento das pessoas.

Tem um dragão ali

A caminho do Hospital do Andaraí, no interior da ambulância, nada era pior do que a sensação provocada pelos muitos buracos e desníveis por onde o carro passava. Tudo em meio ao ruído da sirene e à preocupação com o meu braço – lembro-me de pensar que ele parecia enorme, além de separado do meu corpo. Na hora, a adrenalina estava tão lá em cima que a dor ainda era suportável, mesmo passando por todos os buracos do Rio de Janeiro. Dor de verdade eu iria sentir depois.

A correria foi tremenda quando chegamos ao hospital e a porta da ambulância se abriu. Havia uma escada na entrada e um médico me recebeu. Entrei e me mandaram direto para a radiologia. Eles precisavam saber o que se passava dentro de mim. O médico deu as orientações, mas o operador da radiologia, na maior calma, simplesmente sentou e me deixou "na pedra". Por minha própria conta, resolvi poupar ar. Já que tinha levado um tiro no pulmão, sentia que tinha que usar pouco ar. Fiquei calado, quietinho.

De repente o médico voltou, perguntando para o cara: "Fez o procedimento?" E o sujeito: "Doutor, olha a quantidade de tiros que ele levou, olha como ele está vestido. Isso é bandido, doutor!" "E daí, rapaz? Pedi para você fazer." E o cara argumentando: "Olha, doutor, lá fora tem tanta gente precisando. Deixa esse aí e traz outro." Por fim o médico lhe deu um puta esporro e o cara fez o que tinha de ser feito.

Aquilo salvou a minha vida. Quando saí da radiologia, eu já era o Yuka, músico famoso que foi baleado. Tudo mudou! Havia um grande falatório, fotógrafos e tudo mais. Eu ouvia os cochichos dos funcionários. Quando você está vitimado dessa maneira, os sentidos ficam aguçados. Estava numa situação em que precisava mesmo de ajuda. O médico podia entrar na sala e não falar nada, mas, pelo gestual, eu sabia se devia temer ou confiar. Lia a expressão facial muito rápido para definir o que esperar dele ou do enfermeiro.

Quando fui para a Casa de Saúde São José, botaram um cara grande para ser meu enfermeiro. Só um cara grande para me virar e dar banho no leito. Um dia ele entrou com o jornal, com as fotos, me mostrou tudo. Todo mundo tinha o cuidado de não me remeter ao acidente. Ele, não. Pegou o jornal e me falou assim: "Incrível, Marcelo. Minha mulher se amarra n'O Rappa. Eu não gosto. Ela ia sozinha aos shows e eu ficava com o maior ciúme. E agora você tá aqui na minha mão, né?" O comentário parecia carregado de uma dose de crueldade. O cara dizia aquilo e eu com aqueles ferros para fora do braço. Eu parecia carne de churrasco, todo espetado. E sentia dor para caralho.

Estava totalmente nas mãos dos médicos e enfermeiros. O corpo parou de funcionar em razão do que chamam "choque medular". Eu usava fralda! Não controlava nada.

Ainda no Andaraí, depois do episódio da radiologia, passei a ficar ligado. Meu pai veio falar comigo. Era a primeira pessoa conhecida.

Quando chegou, levantei a mão e disse: "Está tudo bem." Ele chegou perto e pareceu mais tranquilo ao me ver. Depois entraram um rapaz que fazia a segurança para a gente n'O Rappa e outros policiais, que vieram dizer no meu ouvido: "Eles vão cair todos; vamos matar um por um." Tomei um susto, me senti como a peça do dominó que é empurrada e leva com ela todas as outras – um ato de violência vai levando a outro, depois a outro, a outro...

No hospital, eles me contavam: "Pegamos um." Eu ficava chocado. Não queria nada daquilo e isso só ia piorando a minha situação. "Caralho, o negócio continua, tá ecoando." Tinha que parar. Até porque entendi bem cedo que, se alimentasse rancor, iria carregar um peso ainda maior que o meu estado físico. Eu não queria ficar amargo. Nem me ocorria pensar em vingança. Cheguei a pedir a esse segurança para me dar um tiro e acabar com tudo. Mesmo que pegassem todos, não me fariam andar de novo.

Ele não atendeu meu pedido, e eu decidi seguir em frente. Tinha que pensar no meu restabelecimento, em como ter minha vida de volta. Essa era a preocupação. Não queria nem quero saber dos caras. Nunca me liguei no que aconteceu com os bandidos ou quis saber quem eram. Sei apenas do que foi alvejado na rua e depois foi encontrado morto na mala de um carro. Tentou fugir e morreu.

Houve uma vez que fui a Vigário Geral levar uns móveis para um funcionário que trabalhava na minha casa. Tempos depois, ele contou ter recebido ordens para não me levar mais lá. Os caras que me atacaram eram de Vigário. Fui convidado, anos mais tarde, para comparecer à sede de uma ONG que fazia um trabalho na comunidade. Eles queriam me prestar uma homenagem. Respondi: "Não posso ir." André, que era "dono" da favela, falou: "Ele tem que vir. Dou garantia total."

É preciso entender que há negócios diferentes dentro do crime. Tem a galera do tráfico, que é diferente da galera que rouba carros, que é diferente da galera de sequestro. Não é a mesma firma. Fui com o Jam da Silva, meu amigo do F.UR.T.O. Ele dirigia e, como não conhecia os códigos locais, que são apagar os faróis e acender a luz interna, entrou direto. Veio bandido de tudo quanto é lado. Eu gritei: "Abaixa a luz do farol!" Os caras vieram, me reconheceram e eu falei que o André havia me convidado. Quando entrei no palco para a homenagem, estouraram vários fogos de artifício. Eu era homenageado na favela onde viviam os caras que me deixaram paraplégico. Mas nunca estive com nenhum deles – ao menos não que eu saiba.

Tive outros problemas com bandidos. Tudo leva a crer que um deles, o Gargamel, tenha participado da ação da qual fui vítima. Esse cara ameaçou invadir a minha casa. Ele era vizinho de um homem que trabalhava comigo, que foi ficando esquisito até que um dia me contou. Falei para ele: "Continua com a sua vida normal. Sai para trabalhar e volta." Depois de um tempo, os caras começaram a tentar coagi-lo a deixar a porta da minha casa aberta para que pudessem entrar.

Fui até o Luiz Eduardo Soares, à época secretário de Segurança. Os policiais da área de inteligência que passaram a acompanhar o caso levantaram a hipótese de atentado. Do ponto de vista deles, o que eu sofri não foi uma tentativa de assalto. Atentado se dá quando, sem motivo aparente, disparam uns tantos projéteis em uma pessoa. Eles falavam: "Tu não reagiu, não atentou contra os caras. Como é que o cara dispara tanta coisa em você?"

Eu não sei quem fez isso comigo, nem o porquê. Sei de dois irmãos que estão presos e esse Gargamel, que também já esteve na cadeia. Teimo em acreditar que eu só estava na hora errada no lugar errado. Não acho que tenha sido premeditado. Depois, sim, o tal Gargamel quis entrar na minha casa para assaltar. Ladrão é assim: um jornalista fica pensando em pautas; um médico, nos seus pacientes; e o ladrão, em assaltar.

Zaccone sustenta a tese de que o segurança da rua, um policial fazendo um bico, viu os caras parando o carro. Ele estava bem atrás de mim. Eu fiquei no meio, entre ele e os bandidos. Ao perceber que estaria diante de um assalto, atirou. Os caras devem ter pensado que tinha sido eu, do meu carro, e sentaram o dedo. O tal bandido encontrado morto no carro deles deve ter levado um tiro desse segurança. O cara veio para me matar, e o segurança o acertou.

O Hospital do Andaraí, para onde fui levado após os tiros, está localizado quase dentro da favela, que estava em conflito. Ali eles estão habituados a extrair balas, o que foi bom para mim. Mas o fato de eu ser artista mexeu com a vaidade de todo mundo. Eu era ajudado por pessoas que começaram a pensar que poderiam tirar mais de mim. Começaram a querer visibilidade.

Minha psiquiatra à época, Ana Beatriz Silva, pessoa muito bem-humorada e centrada, hoje autora famosa, se desesperou em dado momento porque eles não deixavam que eu fosse embora. Ela falou para a minha família: "Ponham ele num helicóptero e levem para um hospital particular." A equipe médica gerenciava o que seria feito comigo. Aparentemente havia outros interesses além de simplesmente me ajudar. Minha mãe fechou com a Ana Beatriz, mas meu pai e meu irmão fecharam com a equipe.

Passei uns quatro ou cinco dias ali e fui para a São José. Acho que fiquei uns 20 dias por lá, ou mais um pouco: pareceu uma eternidade. Maíra permanecia comigo dia e noite. Eu dormia, acordava e era a mão dela que tinha para segurar. Meus pais, parentes e amigos fizeram novena, muita gente em volta, e isso foi maravilhoso, mas Maíra era o meu esteio. Meu esteio emocional estava em uma garota de menos de 20 anos. Eu entrei com uma garotinha no hospital e, quando acordei, ela era uma mulher que tomava decisões. Ríspida, firme, séria. Nunca a vi chorar.

A dor no braço se tornava insuportável. Eles foram aumentando a carga de morfina, até que tive uma overdose. Vivi três dias que foram os piores momentos na internação. Perdi a única coisa que vinha funcionando bem: a mente. Aquele estado me tomou por completo – o barulho do ar-condicionado pingando, por exemplo, parecia compor um filme de terror. Até bem pouco tempo, se houvesse um ar-condicionado pingando, eu chorava. A única coisa engraçada nesse período é que você sonha acordado. Eram delírios. Se eu estivesse com alguém, ficava na dúvida se estava mesmo ou se era imaginação. A única coisa real para mim era a Maíra.

À noite, quando o corpo vai entrando em outro estado bioquímico, a morfina e os efeitos colaterais vêm mais à tona. Assim, quando a noite se aproximava, um dragão aparecia e gritava na minha cara. Eu pedia socorro: "O dragão! O dragão!" Tentava controlar meus delírios, mas passava a mão onde estava vendo o dragão e sentia as escamas. Maíra tentava me controlar, mas a visão era muito real. Eu atravessava as noites urrando de dor em meio a pesadelos e delírios.

Num outro momento, vi uma loura sentada do lado de fora da janela. Ela flutuava e me encarava sem parar. Havia também um velho. Foram muitos os personagens que, de alguma forma, habitaram aquele quarto de hospital. Cheguei a achar que tinha sido capturado pelo DJ Memê. Todos aqueles personagens trabalhavam para o

Memê. E eles queriam entrar no meu cérebro. "Se ele quer fazer isso comigo, que faça, mas por que pegou a Maíra?", eu viajava. Encontrei o Memê na livraria Letras & Expressões uns dias antes dos tiros, e ele se tornou protagonista da minha alucinação.

Não saquei na hora, mas depois ficou comprovado que aquilo se deveu a uma overdose de morfina. Eu não tinha força para nada. Minha cabeça, por exemplo, precisava ficar escorada. Esses três dias foram de terror absoluto e deixaram uma sequela dentro de mim. Anos depois, meu pai narrou o que aconteceu, e eu chorei compulsivamente. Aquela sensação de torpor mental jamais vai me deixar. Nem a sensação nem os rostos daquelas pessoas, daqueles enfermeiros. A toda hora eu clamava por médicos e enfermeiros. Seis meses depois, ainda estava com grau dez de dor no braço. É fácil imaginar como me sentia naquele quarto.

O hospital me mandou um psicólogo, uma pessoa que eu nunca tinha visto. Eles não me permitiram ser tratado pela minha própria psiquiatra, a quem adorava. O psicólogo foi logo perguntando: "Por que você tem problemas com o seu pai?" Minha vida derrapava e eu era obrigado a escutar aquilo. Eu não tinha escolha. Minha vontade estava cerceada, e minha integridade de cidadão, cassada: "Eu não quero essa pessoa aqui!" E nem era com eles... Fechavam a porta e ficávamos só eu e o cara – ele perguntando e eu apenas chorando: "Meu Deus, ninguém me ouve." Uma sensação de solidão absurda. Quando fui para o Sarah Kubitschek, em Brasília, me mandaram uma garota jovem. Eu perguntei tantas coisas para ela, falei tanto de mim que uma hora ela se emocionou e chorou. Não tinha como ser minha terapeuta.

Graças a Deus não tive coragem

Na Casa de Saúde São José, as pessoas dirigiam minha vida por mim, o que significou mais uma queda. Meu pai planejava vender a minha casa porque entendia que ela não servia para mim. E eu não queria ir para outro lugar. Foda-se que minha casa tinha, e ainda tenha, uma porrada de degraus – eu que me adaptasse a isso. Cada plantinha fui eu que trouxe de um lugar, troquei os azulejos da piscina, fiz a varandinha. Não rolava me mudar. Eu já tinha perdido tudo, não era correto perder também o livre-arbítrio. Tive que lutar para ter as rédeas da minha vida de volta. A luta maior, de qualquer forma, era pela sobrevivência. Seguia apegado à vida, querendo me manter vivo, mas também desejando a morte. Pensava na morte o tempo todo.

Um pouco depois passei a planejar a morte, que é um estágio mais doentio. Você quer, depois planeja e, por fim, executa. Graças a Deus não tive coragem. Em meio aos pensamentos mais sombrios, volta e meia minha mãe chegava para mim e falava: "Tudo bem, meu filho?" E eu respondia: "Tudo." Ou então a Maíra vinha e me dava um beijo, e eu voltava a mim e abandonava as fantasias de morte.

Por mais que lutasse pela vida, uma coisa básica eu perdia a cada dia: a esperança. Fui para o CTI e por lá fui ficando. Saía do quarto para uma cirurgia e depois voltava. E foram muitas cirurgias. Antes de uma dessas pedi que o meu pai e a Maíra me esperassem no quarto. Queria-os lá na hora que eu saísse. Depois das cirurgias, acordava e só podia beber água pingada na boca por uma gaze. No CTI, ficavam todos os pacientes com aquele negócio que apita no dedinho para medir os batimentos cardíacos. Quando acordava, havia sempre um "piiiiii" prolongado avisando que alguém tinha morrido. E eu ali.

Precisava da tal gotinha de água, mas o enfermeiro estava sempre conversando com outro e não percebia meu chamado, eu com a maior sede do mundo, e me batia a sensação de desamparo. Às seis horas da manhã eu ia sair dali. Estava ansioso para voltar para o quarto, onde, ao menos, me aguardava um som com a coleção completa do Jorge Ben Jor. Meus primos também tinham levado *Os Irmãos Marx* em DVD. Olhava o relógio e o tempo não passava. Quando chegou a hora, a enfermeira informou: "Seus pais não estão aqui. Não tem ninguém. Você não pode ir para o quarto sem um responsável."

Fiquei enlouquecido. O tempo passando... e nada. Pensava assim: "Vou fazer uma maldade com esses caras, eles não têm ideia do que estou passando." Elaborei uma historinha na cabeça: "Eles foram para casa, estão lá na boa e eu aqui fodidaço, se esqueceram de mim! Maíra, filha da puta! Meu pai, desgraçado!" Eles só chegaram às dez horas. Saí do CTI chorando e eles, assustados: "O que houve?" Eu só chorava, até que consegui perguntar: "O que aconteceu que vocês não vieram? Estou esperando há quatro horas."

Uma greve de táxis havia engarrafado a cidade inteira. Eu jamais me recuperei desse sentimento de abandono. Mas, no exato instante que chegaram, toda a raiva passou. Só queria um abraço e ficar com eles para sempre. Eu já era um grande colecionador de pânicos e agora havia mais uma peça para a coleção: a solidão.

Na São José, o Mará, um amigo maravilhoso, se fez muito presente. Foi um dos primeiros a me ver. Eu me lembro que desandei a chorar logo que ele entrou no quarto. Só consegui falar: "Ainda bem que tu veio." Ele chegou bem perto de mim, abriu a braguilha, pôs o pau para fora e o colocou na minha mão. E eu, estupefato: "O que é isso, cara?" E ele: "Tu já tá todo fodido, tá morrendo mesmo, dá uma pegadinha no meu pau para eu falar para todo mundo que o Marcelo Yuka, antes de morrer, pegou no meu pau." Eu quis morrer de rir com a cena! Esse cara depois foi para Brasília e ficou lá comigo no Sarah Kubitschek. Desde a primeira visita, ele sentiu que o que podia me oferecer eram boas risadas.

Quando voltei para casa, meu desejo era ouvir música e ver filmes. Lá me dei conta de que essa cultura da violência está muito enraizada na gente. Eu não queria ver tiro, mas, quando se assiste a uma comédia, a um romance, não importa, há sempre um tiro. O tiro faz parte do cinema, principalmente do norte-americano. Por isso, eu quase não tinha o que ver. Mergulhei na música. Havia uma parede de CDs no quarto, mas não conseguia mais ter acesso a eles. Era ridículo: eu usava um binóculo para ver os títulos.

Passei um mês saindo de casa apenas para fazer exames. Eu, que sempre gostei de ir para a rua, me vi na prisão. As brigas familiares eram muitas, e eu naquela condição. Todo mundo nervoso, preocupado, tenso. O desespero de todas as questões práticas.

Toda a grana que eu tinha juntado se foi rapidamente. Em um mês, gastei 170 mil reais. Os médicos me venderam um *homecare*, mesmo eu tendo direito ao tratamento pelo plano de saúde. Pagamos horrores.

Quando sonho, sonho que estou andando. Inconscientemente, ainda sou um andante. Sigo achando que posso ter a mesma habilidade e agilidade de antes, que posso estar em 20 minutos no Aeroporto Santos Dumont. Não é mais assim. É uma relação de tempo errada.

Nas primeiras semanas na São José, as pessoas que me cercavam mantinham alguma expectativa de que eu pudesse voltar a andar. Eu era sempre mais cético, mas permitindo que a esperança não fosse embora completamente. Até que uma fisioterapeuta chegou para mim e falou chorando: "Não acredita nisso, não. Você nunca mais vai andar." Foi uma bordoada, mas àquela altura era só mais uma. Fazia parte da queda diária. Todos os dias eram preenchidos por notícias ruins e revelavam uma nova impossibilidade perpétua. É um tombo longo. Fui caindo durante anos.

Antes dos tiros, eu nadava, fazia travessia e corria. Não sei se tinha tanta condição física, mas a condição psicológica era muito grande. E era sempre em reta: vou daqui até lá. Tenho que ter um ponto visual. Na Estrada das Paineiras, me fodia com tanta curva. Eu me desconcentrava, cansava, parava rápido. Esse lugar me lembra o Skunk, vocalista e criador do Planet Hemp. Um dia ele me ligou e fomos correr lá. Começamos, mas ele não conseguia seguir em frente – tossia sem parar. Já estava doente, e eu não sabia: pneumonia em decorrência da aids. Mais tarde, o quadro se agravou e eu fui interná-lo. Tive que dizer que era pneumonia – as pessoas não queriam internar um cara com aids. Ele faleceu logo depois. Eu estava entrando no estúdio para gravar e minha mãe ligou contando. Só depois do que passei me dei conta de que aquele desejo de correr comigo era uma forma de insistir em se manter vivo. A imagem que fazia de mim, mesmo naquele ponto da vida, era a de alguém que corria numa estrada cheia de curvas, tipo a das Paineiras. Não conseguia ver o ponto final, a linha de chegada. Eu estava numa grande corrida desgovernada – ladeira abaixo.

"Nunca mais" e "para sempre"

Então eu tive que encarar meu maior terror: o perpétuo. Por conta do trabalho do meu pai, a gente se mudava muito. Eu não gostava, por saber que nunca mais veria aquelas pessoas. O "nunca mais" sempre me assustou. Depois do acidente, a primeira coisa que tive que encarar foi o "nunca mais". E não apenas em relação às minhas pernas, porque logo fui descobrindo muitas outras impossibilidades.

As dores mudam de lugar o tempo todo. Demorei a entender o conjunto da obra. Antes de ir para o hospital em Brasília, estava fazendo as sessões de psicanálise com a Ana Beatriz. Ela é uma mulher extremamente inteligente e foi muito tolerante comigo. Na primeira vez, me lembro de ela perguntar: "Por que veio aqui?" E eu: "Meu empresário me mandou. Porque, na realidade, de onde eu vim, você vai tomar uma cerveja, conta os seus problemas para o cara que está tomando cerveja ao lado e, daí a pouco, você comemora o gol do Flamengo. Depois, você vai para casa e acabou. Isso de psicanálise é uma parada que é Zona Sul, sofisticada, serve para quem tem grana. Eu não acredito nessa parada." Ela disse: "Verdade. Eu não sei de onde você vem, mas aposto que a taxa de alcoolismo lá deve ser bem alta." Ela me ganhou nessa. Imaginei uma porrada de maluco amigo meu alcoólatra e relaxei: "Vamos lá."

Ana Beatriz foi muito importante. Falava com ela de hora em hora e, quando ela não atendia, eu queria morrer. Quando chegava à minha casa, parecia que eu estava vendo algo próximo de Deus. Um sentimento absoluto de gratidão. Eu não tinha mais dinheiro para pagar e percebia que, mesmo para a família e para aqueles que tinham alguma obrigação de me ajudar, era difícil. Ela parecia a ajuda certa. E eu pensava: "Como uma pessoa que não faz parte da minha família pode me dar tanto?" Achava muito generoso: "Que mulher maravilhosa!"

Se existe uma coisa que aprendi na cadeira de rodas foi amar a mulher. Eu amo a mulher, o ser mulher. Eu acho muito mais especial, é extremamente bonito. Mulher é capaz de ir para um lugar que a gente não vai. Certa vez, estava dando uma palestra sobre inclusão e, nas últimas fileiras do teatro, estavam umas meninas de cadeira de rodas. Quando acabou, quis ir direto até elas. Ao me aproximar, uma falou: "Nem vem que a gente não fica com chumbado." Eu não sabia que a gíria para o que eu sou, dentro do grupo a que passei a pertencer, era chumbado. Aquilo me pegou de surpresa: "Eu vim aqui conversar com vocês, não estou azarando ninguém." Ela falou assim: "Você tem namorada?" Eu respondi: "Tenho." "É andante, né?" "É." Ela: "Você sabe a dificuldade que é para uma mulher em cadeira de rodas arranjar um namorado andante?" Isso me chocou muito. É bem mais fácil para o homem, pois a mulher é bem mais tolerante. Difícil um homem ficar com uma cadeirante.

Eu precisava entender o que acontecia comigo. Não queria mais ser manipulado. Queria ter conhecimento, porque cada hora era uma coisa: se você fizer a massagem tal, se usar vapor, se fizer isso e aquilo. Então decidi que só eu sabia o que estava sentindo: onde doía, onde sofria, tudo. Nenhum médico podia – ou pode – me afirmar ou impor nada.

Quatro anos depois dos tiros, descobri que conseguia mexer os dedos dos pés, o que me fez pensar na relação entre o corpo e a mente. Na realidade, o corpo vai sempre buscando uma saída, até que não haja mais nenhuma saída. A dor que sinto é decorrente disso, pois a mente não identifica nada de errado. Não há nenhuma inflamação, nenhum aviso. A mente simplesmente envia os estímulos. Se há o reflexo de puxar a perna e isso não acontece, o corpo vai falar para a mente: "Não adianta." E a forma de ele se expressar é a dor. A mente não entende. Até o último dia da minha vida vou sentir dor. A mente não se cansa.

Na cadeira, aprendi que sou extremamente bobo. Dizem que os cadeirantes descobrem um montão de coisas – eu não descobri porra nenhuma. Ou melhor, descobri o amor e essa busca interior. Voltei a me gerenciar quando descobri a meditação. Pratiquei por muito tempo e agora acho que posso tudo.

Algo recorrente nessa minha nova vida, desde o hospital, são as infecções urinárias. Introduzir o cateter pode abrir caminho para a infecção. Meu organismo não se adapta. Emendo uma infecção na outra, e já quase não há antibióticos. Sou forçado a me tratar no hospital com antibióticos venosos, muito fortes, difíceis de achar e caríssimos. E eu odeio hospital – tenho motivos de sobra para isso. Quando sinto que tenho de ir, entro em depressão. Procuro lutar contra a infecção mantendo minha autoestima elevada. A depressão atua diretamente na imunidade.

Vou meter o pé antes que cortem meu braço

Nesses anos todos, escutei dezenas de médicos e pesquisadores. Um pelo qual passei foi o Dr. Paulo Niemeyer. Ele fez uma bateria de exames e viu que eu tinha como ganhar muito se tivesse uma fisioterapia adequada. O Hospital Sarah Kubitschek, em Brasília, é uma referência. Ele me mandou para lá. Eu estava ainda muito revoltado, desnorteado. Não só com o fato de ter ficado cadeirante, mas também pelo que tinha passado nos hospitais. A equipe médica que me tirou as balas foi muito eficaz nisso, mas não concordei com o fato de terem assumido o controle da minha vida. Além disso, depois colocaram uma placa de platina por cima do nervo que me causava dor grau dez o tempo todo. E eu ficava a maior parte do tempo gritando de dor. Fui para o Sarah e, quando cheguei lá, um piloto da Aeronáutica me reconheceu e disse: "Você está indo para o Sarah? Fiquei lá um tempão e agora estou em pé de novo!" Ele tinha tomado um tiro. Isso me deu ânimo.

Foi uma galera comigo: meu pai, minha mãe e o namorado dela, e também a Janine, uma menina que conheci ainda na época da São José, o Mará e a Ana Beatriz, que foi e voltou no mesmo dia.

Cheguei ao hospital e fui recebido por uma junta médica chefiada pelo patrono daquela instituição, o Dr. Campos da Paz. Receberam meus exames e pediram uns cinco minutos para se reunir. Os cinco minutos se passaram, Campos da Paz retornou e me comunicou: "Eu tenho uma boa notícia. Você vai voltar a tocar bateria." Minha família toda vibrou; eu não levei fé. Inteligência emocional. Falei: "Doutor, você sabe que bateria se toca com as pernas?" E ele, calmamente: "Sei. Vou pedir para o meu corpo de engenharia fazer uma para você tocar só com as mãos." Meu pai entendeu na hora o que ele queria dizer: "Você quer dizer que ele não vai voltar a andar?" "De um ponto ao outro, o sujeito pode ir de carro, de moto, bicicleta, barco, a pé, ou de cadeira de rodas, que é o caso do seu filho." Todos ficaram chocados. Ainda tinham aquela esperança. E ele foi mais fundo: "Pode acontecer com ele o efeito Lars Grael." Eu fiquei curioso. "O Lars Grael trouxe várias medalhas para o Brasil e muitas pessoas não sabiam quem ele era. Quando a lancha passou por cima dele, muita gente passou a conhecer. Eu mesmo nem conhecia você e agora conheço. Você está famoso!"

A maneira de tratar o assunto foi outra bala. Fiquei totalmente desolado. Não tinha expectativa de voltar a andar nem nada, mas quando vieram as histórias da bateria ou da fama provocada pelo que aconteceu comigo e com o Lars Grael...

Depois daquele diagnóstico, achava que não tinha mais nada a fazer em Brasília. Mesmo assim, me convenceram a ficar para melhorar meu braço. Comecei a fisioterapia, e a dor não passava. Foram dias e dias – e nada. Até que chamaram um especialista que propôs a utilização de uma bomba injetora de morfina. Eu, que vinha de uma overdose de morfina, me recusei a embarcar nessa. Começaram a sugerir cortar um pedaço do braço e emendar. Fiquei lá quase um mês. Tom Capone foi me visitar por uns dias. Cheguei a sair à noite, me encontrei com o pessoal do Natiruts num bar.

Fiquei em Brasília fazendo exames, fisioterapia, aprendendo como seria a minha vida como cadeirante. Sofri muito porque queria estar perto da Ana Beatriz. Eu tinha que acreditar que algo ia melhorar. Pegava sol ao lado de um cara que estava esperando para ser amputado. Cheguei e falei: "Será que não tem como você melhorar sem amputar?" E o cara: "Na boa, estou doido para cortar logo e ir embora para minha casa."

Novamente, havia também a questão da psicologia. Essa coisa de você ser forçado a ter um encontro com o psicólogo não pode funcionar, até porque eu tinha uma psiquiatra com quem fazia isso e que era essencial para mim. Não queria começar o processo com outra pessoa.

No dia em que os caras falaram em cortar o braço, convoquei uma reunião e falei: "Não dá, isso não vai rolar. Pelo menos temos que ouvir outra opinião." Liguei para a Ana Beatriz: "Foge, larga tudo e vem embora." Na mesma noite a gente comprou a passagem.

Estava tudo decidido, até que meu pai resolveu ter uma última conversa com os médicos. Mandei o Mará junto, como observador. Como eu previa, meu pai já estava se deixando levar. Eu não podia aceitar aquilo! Tinha que ir embora! Se é para meter o pé, não tem que ouvir mais nada. Chega. Tchau, Sarah!

Nessas situações-limite, você passa a duvidar dos médicos. A sua família fica um pouco perdida, você está perdido e se pergunta onde se segurar. Eu tinha acabado de ficar aleijado, com uma dor do caralho no braço, aprendendo a fazer xixi na mangueirinha. Queria acreditar em tudo, mas comecei a perder as crenças que tinha.

Eu vivia morrendo de dor. Por mais que tentasse buscar um universo diferente daquele do hospital, não conseguia me desvencilhar. Tomava um remédio, alguma coisa para aguentar, e, meia hora depois, estava de novo louco de dor. Lembro que doía sentir o vento batendo nos pelos do meu braço.

Ana Beatriz encontrou um microcirurgião no Rio. Ele disse que teria de abrir meu braço para ver, mas não o cortaria. Ela armou tudo, e ele ainda negociou um preço que eu podia pagar. Ana acha que Deus errou comigo. Por isso decidiu pesquisar células-tronco. Entendo que se trata apenas de uma busca. Não é sequer uma esperança. O estudo desse recurso não é uma coisa para mim, mas para as novas gerações. De todo modo, se não nos oferecermos, se não continuarmos nessa luta, vamos perder o trem da ciência e podemos ficar à margem da história. Temos grandes cientistas, pesquisadores que realmente podem nos colocar na vanguarda desses estudos. E a Ana é dessas que vai fundo mesmo. Continuei fazendo com ela algumas sessões. Ela me deixava pagar quando pudesse. Sempre foi muito carinhosa, mas fui ficando constrangido com a dívida que ia crescendo e me afastei. Ela também. Um tempo atrás, ligou para minha casa, falou com a minha mãe e comigo. Trata-se de uma mulher, uma pessoa, uma profissional maravilhosa!

Vamos dar um jeito

Tive um alívio enorme ao voltar para casa. Queria passear pelo Rio. Fui até Santa Teresa ver a cidade de cima e depois até a Tracks, uma loja de CDs na Gávea. Cheguei lá, encontrei o Heitor, o dono, meu amigo. Falando com ele, foi me dando uma vontade enorme de fazer xixi. Foi a primeira vez que vivi uma experiência que não tinha a ver com meu problema. Eu estava conversando sobre música e discos, não queria sair dali. Fiquei segurando, segurando e acabei fazendo na calça. Mais uma pancada. Voltei para casa mal para cacete.

Eu estava uma caveira, pele e osso. Em casa, era uma multidão de repórteres para botar para correr. Ronaldo, um amigo da época d'O Rappa, ajudava a me dar banho, dirigia para mim. Fiz um acordo para dar uma grana a ele. Eu e o Ronaldo tínhamos um amigo em comum, o Renatinho Chifre de Rato, que havia sofrido um acidente de paraquedas. Na época, o Filé, que tratou também o Ronaldo Fenômeno, deu um jeito nele. Lá fui eu escutar mais um especialista.

Cheguei e o clima era outro, para cima, com um pique de atleta, de superação. E o Filé é uma pessoa especial, um iluminado.

Ele pega com vontade e me passou uma energia muito positiva. É um cara duro, não tem chororô, mas tem muito carinho no que faz. Não suaviza, não faz concessões. Sabe como ele se apresentou? "Bem-vindo ao inferno." Eu respondi: "O inferno eu já vi, amigo. É bem diferente disso aqui." Era outro clima: mulheres bonitas, Barra da Tijuca e ninguém falava "coitadinho". O clima era de gerar vida: "Você quer ir à praia? Vamos dar um jeito. Você quer praticar esporte? Vamos dar um jeito."

Ele colocou a Fernanda e o Nabuco para cuidarem de mim. Nabuco parecia um playboyzinho, tatuado, fortinho. No começo, fui o cara mais aplicado que se pode ser. Eu ia vendo a melhora, mesmo sentindo muita dor. Por quase um ano e meio eu compareci à clínica do Filé todos os dias. Até que houve um momento em que relaxei. Eles iam começar um trabalho bem mais pedreira. Até tive uma discussão com o Filé. Ele falou: "Você está de maricagem." Fiquei puto: "Você não sabe o que é estar aqui no meu lugar." E ele: "Não sei o que é estar aí? Meu filho tem distrofia muscular e está morrendo. Eu sou um dos maiores especialistas no mundo e não posso fazer nada. Nada! Meu filho vai à faculdade de cadeira de rodas, sabe que vai morrer e não falta a uma aula." Vi que o buraco dele também era bem mais embaixo. O Filé me mostrou que é porrada mesmo. E, quando achar que já passou, tem muito mais.

Durante esse período, fiz a cirurgia para abrir e ver o que tinha dentro do meu braço. Estava lá a placa de platina esmagando o nervo. Eles resolveram tirar um nervo da minha canela e fazer o enxerto. Na época, foi um dos maiores transplantes de nervo: 18 centímetros. Quando essa dor diminuiu, vi as coisas com mais clareza, tive um pouco mais de paz interior e passei a pensar de novo no que fazer da vida. Fiquei amigo do Tripa, marido da Kátia Lund. Um negão magro, gigantesco. Ele e um amigo, o Nando, viraram meus brothers. Os dois tornavam quase tudo possível, fosse ir à praia ou subir numa laje na favela. Eles me botaram na vida, no cotidiano. Quando a dor diminuiu, a minha diversão era ir para a Rocinha.

Amigos são os Paralamas e o Herbert Vianna

Pouco depois do meu acidente, aconteceu o do Herbert Vianna. Eu tinha acabado de operar o braço, estava internado no Hospital Barra D'Or. Mará entrou no quarto e disse: "Está todo mundo falando para eu não te contar, mas aquele amigo seu se fodeu." Eu não era exatamente próximo do Herbert, mas um pouco antes de tomar os tiros estava me encontrando muito com ele. Eu namorava a Maíra, ele tinha namorado a irmã dela e continuava amigo da família. Falava em levar a Lucy à casa lá de Paraty, ia sempre para aqueles lados na aeronave dele. Além disso, a gente também fez uns shows que juntaram O Rappa e Os Paralamas. Alexandre, nosso empresário, era produtor deles. Quando eu tomei os tiros, eles foram muito legais. Foram me visitar várias vezes, assim como o pessoal do Skank. Sou muito grato.

Mará ligou a TV e, na hora, vi o Herbert na maca, com uma camisa polo amarela. Fiquei chocado. Eu achava que estava passando o pior que alguém podia passar. Tinha visto o Skunk morrer de aids, mas a coisa da paraplegia tem o sabor de que você não vai morrer, mas viver com um sofrimento permanente. Eu não desejo isso à pior pessoa do mundo. E, quando vi o Herbert, pensei que ele iria passar por tudo o que eu estava passando. Vivia aquela dor de dentro.

Quando eles voltaram a trabalhar na banda, depois de tudo, incluíram uma música para mim no primeiro disco que lançaram após o acidente. Eu fui ver a mixagem. Estava em São Paulo e o Zé Fortes, empresário deles, me chamou. Quando vi o Herbert pela primeira vez, abri o berreiro. Abracei e fiquei ali, chorando para caralho. Essa cumplicidade nos aproximou, apesar de o Herbert ter ficado mais reservado depois do acidente. Tenho certeza de que ele é capaz de falar para mim coisas que não fala com ninguém. Ele tem uma capacidade física melhor que a minha, além de ter mais grana para se cuidar, até por ainda fazer parte d'Os Paralamas.

Certa vez, me encontrei com o Marcelo Rubens Paiva e ele falou sobre essa coisa de namorada: "Daqui a algum tempo, você não vai nem acreditar que tudo pode ser como era. De uma maneira diferente, existe vida." E eu retruquei: "Vai tomar no cu, cara. Vai se foder." O cara mal me conhecia para falar de coisas tão íntimas e num momento tão inapropriado. Ele estava certo.

Pouco depois disso, dei uma entrevista bastante amarga à revista *Trip*, na qual falava de ter filhos, dos pensamentos em suicídio, da saída d'O Rappa. Acabou sendo muito mais polêmica do que eu esperava. Meses depois da publicação, fui dar uma palestra numa universidade no Sul. Quando cheguei ao teatro lotado, vi um garoto de cadeira de rodas. Pensei: "Esse cara vai falar da entrevista." Dito e feito. Quando abriu para o público participar, ele foi dos primeiros: "Vem cá, você falou de suicídio..." Senti um peso tremendo, mas fui em frente: "Essa é a minha imagem, é a visão que tenho dos problemas por que passei e passo. Não sou um bom cadeirante. Não sou bem resolvido com isso." Depois, tentei valorizar as coisas que ele fazia, estar estudando numa universidade e tal. Mas fiquei pensando em como a entrevista impactou aquele cara a milhares de quilômetros de mim, em outra cidade, com uma educação totalmente diferente da minha. E me deu medo. Já pensou se esse cara toma uma atitude baseado no que falei?

As pessoas costumam me mostrar quanto fui importante para elas. E eu não sou cantor, não sou bonito, não sou ator. É mais uma responsabilidade. É o mesmo tipo de responsabilidade que eu talvez deposite no Eduardo Galeano, no Noam Chomsky, no Darcy Ribeiro, no professor Hermógenes, no Paulo Freire – em todos os que são as minhas referências.

Falar em suicídio é sempre delicado, cadeirante ou não. É a pessoa se dar um poder quase divino de tomar para si a decisão de continuar vivo. E há um momento em que essa ideia suplanta o desespero. É quando realmente fica perigoso: você está num clima sereno, ao lado da namorada que você adora, e continua pensando. Aquilo se torna uma voz interior que não quer ir embora. Eu tive esse desespero, e não vejo motivo para ter vergonha. Este é dos maiores serviços que posso prestar: falar sem ter vergonha.

Num primeiro momento, logo depois dos tiros, poucas pessoas tinham acesso a mim. Só uma semana depois pude ver alguns amigos, como o Paulo Lins, a Kátia Lund, meu primos. Os caras d'O Rappa, quando vieram, falaram para eu não me preocupar e me concentrar apenas em cuidar da minha saúde. Vieram uma vez e nunca mais. Quando fui para Brasília, Tom Capone insistiu que alguns deles fossem comigo. Lauro e Alexandre, empresário na época, foram até lá passar um dia comigo e voltaram. Eu ainda me sentia dentro da equipe e só conseguia pensar na minha condição. Já em casa, meses depois, Tom Capone me deu de presente o tal software de mixagem, o Pro Tools. Nem sei se ele pagou do próprio bolso ou com verba da gravadora. A Warner Music, nas figuras do Tom e do Sérgio Afonso, foi muito correta comigo. Os dois me ajudaram até a pagar hotel em Brasília.

Mas um dia o Lobato me visitou e ficou explicando por que não ia rolar. Não entendi direito. Achei que ele estava falando que não daria para gravar na minha casa. Fui tentando entender, dar desculpas e aceitar que talvez fosse porque, na minha casa, com a minha mãe, não daria para fumar maconha. Fui tentando justificar a ausência deles. Até que comecei a perceber que não recebia mais e-mails nem faxes do escritório. Havia sido alijado do processo.

Quando eu comparo o comportamento deles comigo e dos Paralamas com o Herbert... Eles montaram os equipamentos na casa do Herbert e disseram: "Cara, a gente tá aqui. Na hora que você quiser tocar, a gente vai estar aqui." E assim eles tiveram êxito. Comigo foi o contrário. O Rappa estava fazendo shows e a grana estava entrando. A gravadora podia ter chegado junto para criar as condições de fazer um disco comigo. Mas eles foram até a gravadora e fizeram pressão para que o disco rolasse sem mim. Começaram trabalhando no estúdio do Lobatinho. Eu não tinha nenhuma possibilidade de sair de casa com dor grau dez no braço. Depois, foram para o estúdio do Tom, o Toca do Bandido. Tentei ir até lá algumas vezes, mas não reunia condições físicas nem psicológicas para sair de casa. Ainda tentava entender a minha vida, e o fato é que eles não quiseram me esperar ou estar comigo. E o disco demorou para sair – não tinham essa urgência toda, na verdade.

Cheguei a conversar com o Barone, baterista dos Paralamas. Ele ficava meio chocado, mas não queria botar lenha na fogueira. Ele vivenciava o modo como ajudavam o Herbert, o tamanho da amizade e do companheirismo deles. Comigo foi bem diferente: eu só tinha a tragédia. Muitos que me ajudaram antes acabaram sendo cruéis. Tentavam me convencer a assinar logo o distrato com O Rappa. E eu assinei: me vi sem banda, sem gravadora, sem diretor artístico, sem empresário. Não tinha porra nenhuma! A solidão ficou maior. As pessoas, por mais que pudessem ter carinho por mim, optaram pelo dinheiro. Um tempo depois a gravadora também parou de me dar apoio. Eu entendo: eles não teriam como me ajudar para sempre, ainda mais fora da banda, sem nenhum vínculo profissional com eles.

O Rappa é uma enorme mentira. Eu não posso fazer previsões, mas artisticamente acho que eles estão condenados. Nada ali se sustenta. Com uma mulher, por mais que eu possa amá-la, fico feliz se ela estiver feliz com outro cara. Eu até poderia ter esse sentimento em relação a eles, ouvir as coisas novas e pensar se eu poderia me encaixar ali. Mas não. Eles só reproduzem coisas que já fizeram. Musical e artisticamente, não estou perdendo nada. Posso estar perdendo no âmbito comercial, mas, se fosse para estar fazendo essas músicas, melhor perder mesmo. E eu perdi muito.

Há pouco tempo, Wagner, meu amigo, que assumiu na Warner depois que o Tom Capone morreu, veio com um papo de que O Rappa queria gravar *Lado B Lado A* ao vivo. A proposta que ele me fez foi ridícula. Recusei. O que a banda fez comigo, na Justiça do Trabalho, é condenável. O disco *Lado B Lado A* eles podem tocar e até gravar ao vivo, mas precisam da minha autorização para lançar.

Lembro-me de uma vez que o Falcão me visitou em casa. Ele me deu um cordão com um crucifixo, acendeu um baseado e ficou conversando. Eu falando para ele do meu desespero e da vontade de morrer. E ele me falando em Jesus Cristo. O Falcão sempre foi muito ambíguo comigo. Por isso, tudo foi muito doloroso. Nem tanto na época, pois eu estava mais preocupado em me manter vivo e em pensar como seria a minha vida nos anos que se seguiriam. Mas depois que as coisas foram se estabilizando, quando ingressei numa nova rotina, a separação d'O Rappa doeu mais. Não consigo deixar de pensar que foram cruéis e nem um pouco amigos. Mas assim foi.

Eu tenho fé como o Forrest Gump

As coisas melhoraram quando resolvi me lançar de volta na vida. A meditação me permitiu chegar a essa decisão. Não sou eu no controle, tenho que ter algo mais que me impulsione: a fé. Nos momentos em que titubeio, em que estou caído, penso: tenho para onde ir. E vou para dentro de mim. Outro dia vi que o George Harrison morreu rodeado de hare krishnas. É o ponto alto do ser humano. Estou agora em casa sem saber como pagar minhas contas amanhã, mas faço questão de deixar a porta aberta para estabelecer trocas com as pessoas.

Como já disse, a música me salvou – a música e o amor, que, afinal, são quase a mesma coisa. É meu único legado. Agora também entendo que toda e qualquer oração, seja de uma tribo ou do papa, tem uma razão para usar as palavras que usa. Eu nunca respeitei isso em oração nenhuma. Sempre rezei imaginando uma grande bola, tipo um sol. Vou chegando cada vez mais perto e me enchendo de amor para distribuir. A minha maneira de rezar é essa.

Quando o monge Dada Suvedananda começou a me ensinar a meditar, ele falou de uma coisa que a ciência não provou ainda, uma relação metafísica e ao mesmo tempo bioquímica do corpo. É algo que se dá na coluna e em um momento de fé, de meditação. Você pode provocar essa substância, que se chama Kundalini, como uma reação que o corpo tem quando se está em um momento de fé.

Acordo e faço a minha meditação. É um exercício que me parece a lógica do filme do cara correndo, Forrest Gump. Ele não saía correndo porque queria ficar com um corpo legal ou bater um recorde. Corria porque encontrava na corrida um lance que o fazia ficar bem. Em última análise, meu exercício de meditação é como a corrida do Forrest Gump. Eu não quero virar um monge, não quero ter uma conversa com Deus na qual ele me dê alguma resposta. É só um lugar em que me sinto bem. Eu sinto fé, calor, compaixão. Não peço nada, sempre me ofereço.

Isso tudo se relaciona com o fato de o Marcelo Freixo ter me chamado para ser seu vice na campanha para a Prefeitura do Rio de Janeiro em 2012. Nessa campanha, eu só ofereci. Nas minhas orações, pedia para ser cavalo de Deus.

Há pouco tempo, meu pai me lembrou do dia da morte do Marcinho VP. Soube pelo rádio e chorei. Mas pensei: estou chorando por um criminoso, por um bandido, por alguém que põe em prática tudo aquilo em que eu não acredito.

Será que eu choraria pelo Carlinhos Cachoeira? Pelo Sarney? Provavelmente não. Eu chorei ali mais pelo estrago. O cara tinha tanto talento. Mataram-no, jogaram o corpo em uma lata de lixo com uma placa nas costas: "Bandido não lê." Em última análise, não estava chorando por um bandido, estava chorando pelo desperdício.

Entendo que o tráfico é uma das pontas mais cruéis do sistema. Ali não tem irmão, não tem porra nenhuma. É o negócio pelo negócio: não fica nada. Os traficantes, os soldados do tráfico, não têm esse entendimento. Eles são capturados e entram nessa vida pela noção de poder, pelo ego, pelo dinheiro. O cara não tem nem como usufruir o que ganha. Se ele rouba a moto mais foda, tem que ficar rodando tipo autorama sem sair do morro. É a sensação de poder. Essa é a grande mentira que o capitalismo prega: você será amado se tiver determinados bens.

Um dos autores que eu mais leio hoje é o Krishnamurti. Tem também o Hakim Bey, que fala muito dessa zona autônoma temporária, de um anarquismo místico que torna quase impossível assumir alguns dogmas. Quando você realmente está no caminho da espiritualidade, fica mais difícil aceitar o que a maioria das igrejas diz. Você não quer e não precisa mais do atravessador.

Posso dizer que nenhuma das canções ou poemas que escrevi pretendia "conscientizar". Nunca busquei ou quis isso. Eu quero sempre é botar meus bichos para fora. Nesse ponto, é uma relação muito egoísta, mas que acaba comunicando. Meus textos não falam de uma intimidade óbvia nem são panfletários: eles refletem um ponto de vista. Eu não quero entregar a minha certeza já mastigada – quero que as pessoas mergulhem na minha perspectiva. Quando elas conseguem fazer isso – não sem algum esforço –, o ponto de vista passa a ser delas também.

Entendo que me expressar é basicamente ser honesto com o que sinto. Posso estar fazendo uma pintura ou me envolvendo com uma ONG – é tudo a mesma coisa. Minha relação com as pessoas, com o papel, com a música, com a escrita, com a política: também é a mesma coisa. Por pura incapacidade, não sei diferenciar onde termina a vida e começa a profissão ou a expressão.

Todas as vezes que sou chamado a me expressar como político, consigo fazer isso desprezando o que é ser um político. Falo como o Yuka. Falo palavrão, falo que desconheço algum assunto, peço desculpas, agrido, debocho, do jeito que eu sou. Acima de tudo, tenho um ponto de vista.

Em alguns momentos, tenho mais dificuldade em me comunicar. Quanto queria falar com o meu coração com a minha mãe, por exemplo. Queria protegê-la desse amor, suavizar as intransigências. Como eu posso oferecer isso para um preso que nunca vi se não consigo manifestá-lo para o meu pai? Eu tento, mas santo de casa não faz milagre. Não há dúvida da existência do amor, mas é uma poeira que vai se criando, as relações vão deixando sequelas.

A partir da metade da sua vida (se você imagina que um homem vive até 80 anos), você passa – queira ou não – a lidar com a não permanência. Começa a saber que as pessoas mais próximas vão estar até o último dia ao seu lado. Não pode existir o orgulho de não perdoar. Não sou capaz de perdoar tudo, não tenho sangue de barata – muito pelo contrário. Mas o orgulho eu vou deixando de lado.

Na arte e na política

A campanha política teve origem na Marlene Mattos, ex-empresária da Xuxa. Um dia ela me chamou para uma reunião e contou que havia realizado uma pesquisa na qual meu nome aparecia como catalisador de muita mídia espontânea. Ela queria discutir um programa de TV, mas me disse também para pensar numa carreira política. Isso aconteceu em 2008. Eu nunca tinha refletido a respeito, não era do meu interesse. Não sei como esse papo vazou e foi parar nos jornais.

A galera veio botar pilha. Era tanta gente falando que decidi conversar com alguns amigos. Eles sugeriram que, antes de tudo, eu me filiasse a um partido. Optei pelo PSOL, porque já tinha contato com alguns militantes, entre eles o Marcelo Freixo. A gente se conheceu quando ele ainda era professor e ativista de uma ONG de direitos humanos. Eu estava em uma plenária com as mães de Acari, falando das chacinas policiais. Quando ele entrou, pensei: "Quem é esse mauricinho?" Mas, quando começou a falar, era muito consistente, forte. Quando acabou, fui falar com ele: "Não botei fé em você."

Dali em diante, sabendo quem era, a gente se esbarrou várias vezes nas militâncias. Em 2007, quando houve o massacre do Alemão, em que a polícia matou 19 pessoas, veio um relator da ONU e fiz parte de um grupo que escreveu uma carta para entregar a ele. Muitos da Assembleia Legislativa tentaram frear a gente, mas o Freixo ajudou para que eu pudesse estar na reunião.

Com o tempo, fui ficando mais próximo do Marcelo – não apenas para tratar de temas práticos do front da militância, mas para ver futebol, rangar, bater papo, o que criou uma afinidade muito grande entre nós. Isso a ponto de ele me ligar e falar: "Estou pensando em me candidatar a prefeito. Não sei se por Niterói ou pelo Rio. Eu tenho as duas possibilidades. O que você acha?" Eu me senti orgulhoso, já que ele havia consultado pouquíssimas pessoas. Foi uma puta prova de amizade e respeito. Opinei que deveria vir pelo Rio, até porque daria mais visibilidade à luta dele.

O discurso do Marcelo tem muito apelo, principalmente entre a juventude. Quando se fala de direitos humanos, os mais sensíveis são os jovens, mais na reta dos assassinatos e à margem do emprego. O jovem é a maior vítima, principalmente o da periferia.

Até então, nunca havíamos discutido a possibilidade de que eu também fosse candidato. Quando me filiei, achavam que eu devia disputar uma cadeira de deputado federal. Não aconteceu. Eles lamentaram eu não ter topado, diziam que eu conseguiria. Acho que conseguiria mesmo.

Freixo passou a me procurar. Só não conseguíamos conciliar agendas. Quando foi possível, ele me disse: "Tenho uma proposta: queria que você viesse como meu vice." Era um puta carinho comigo, mas a primeira coisa que me veio à cabeça foi: "Esse cara não me conhece. Acho que ele não está entendendo que não é isso que eu quero." O impulso inicial foi me sentir honrado, mas tratei com certo desdém: "Vocês estão malucos!" E ele insistiu: "Me ouve primeiro." Ele dizia que o PSOL não iria fazer coligação com nenhum partido e que a coligação na qual ele acreditava era com a sociedade civil. Dizia que eu representaria bem a sociedade civil como ativista, músico, poeta. E isso fez sentido para mim.

Sabia que havia exemplos de artistas cuja militância e sensibilidade em sua arte os levaram a seguir esse caminho. Bob Geldof foi um deles. O Gil, no Ministério da Cultura, tinha o seu valor. Não sou um cara confiante na luta partidária, mas percebi que havia ali pessoas admiráveis. Nas duas eleições do Freixo para deputado, eu já tinha panfletado na rua, achava que agregava mais distribuindo santinhos. Ele terminou a conversa me dando uma hora para pensar.

Naquele dia, estiveram comigo o próprio Freixo, o Edu, um amigo em comum – também filiado – e uma senhora que veio com ele. Fui até essa pessoa, a quem nunca tinha visto e com quem não tinha relação de amizade, e perguntei: "O que a senhora acha?" Para minha surpresa, ela não era uma assessora. Era a Dorrit Harazim, jornalista da revista *Piauí*, cobrindo uma semana na vida do Freixo. O cara me convidou na frente de uma jornalista! Topei, mas antes fiz algumas perguntas: "Posso deixar que ela registre essas perguntas?" Ele falou: "Ela está aqui justamente para isso." "Então me responde: de onde vem o dinheiro? Vai ter coligação no segundo turno?" Ele respondeu tudo com muita clareza e convicção. Ainda falei: "Está aí tudo registrado. Se mudar, você vai passar por mentiroso, porque está tudo gravado." Eu, que tinha uma hora para tomar uma decisão, segui a minha intuição e topei.

Olhando em retrospectiva, foi um tiro no pé. Era o ano de voltar ao mercado cultural. Eu estava gravando um disco, fazendo um filme, meu livro de poesia. Mais uma vez, arrisquei tudo pela paixão. Se tivesse sido racional, não teria topado. Financeiramente, foi horrível. Perdi muitos trabalhos, foi uma das épocas mais duras de grana. Na mesma semana, todas as possibilidades de trabalho passaram para o ano seguinte.

A campanha me provocou sentimentos contraditórios. Em alguns momentos, me senti sozinho. Muitos artistas amigos se distanciaram para não perder as boquinhas que tinham e podiam continuar a ter no governo do nosso oponente. Confesso que isso me deixou chateado. Foi muito entre aspas esse "apoio dos artistas" ao Marcelo. Tenho certeza de que muitos não me apoiaram por covardia, por causa das tais "boquinhas". E eu poucas vezes pedi alguma coisa para alguém. Em contrapartida, havia o povo – a gente conseguiu 30% dos votos, o que é muito. De alguma forma, isso me mostrou que eu estava certo. Freixo representa uma nova maneira de fazer política. Foi impactante constatar o que essa campanha simbolizou. Havia um caráter de movimento, e isso transformou boa parte das minhas utopias em fatos concretos. Cheguei ao final da campanha mais otimista do que quando entrei, especialmente ao me deparar com uma juventude com esperança política, que não está só advogando em causa própria. Foi uma campanha feliz. As pessoas ainda são sensíveis a boas causas.

Também tirei várias conclusões dos bastidores da política – experiências únicas, que só se tem numa situação dessas. Foi emocionante ver o Marcelo. Vê-lo agindo, tomando decisões. Todas as vezes, ele fez as escolhas que eu considerava mais éticas, mais íntegras. Fiquei muito feliz por ter vivido tantos momentos que me pareceram históricos. Ele tem alma de grande estadista. Confio ainda mais no Freixo hoje. Foi emocionante vê-lo se preparar para os debates na TV Globo. Ele dividia tudo: as opiniões, as decisões, a estratégia. O cara tem uma dignidade absoluta. Por outro lado, pude também perceber que o jogo da política muitas vezes faz a pessoa esquecer que aquilo ali é prestação de serviço radical. É doação radical. O candidato do qual fui vice chega a colocar em risco a própria vida. E é muito fácil você se coligar para ter mais possibilidades de chegar ao poder. Mas o PSOL é um partido em que o peso ideológico se faz valer, tem um enorme valor. Não é um partido muito afeito a coligações, e eu gosto disso. Entendi isso melhor. Mas tem um lado da política real que pode inebriar. Não digo ao ponto de corromper, mas é uma armadilha íntima e silenciosa em que todos caem: o desejo de ser amado. Eu constatei que a política, em alguns momentos, é totalmente irracional.

O jogo que se coloca já nasce corrupto. A gente fez um dos encontros na casa do Caetano Veloso, e o que me chamou atenção foi que boa parte daqueles artistas tinha uma posição conservadora em relação a uma possível eleição. Muitos gostavam do que ouviam, mas tinham aquele discurso de que não iríamos ganhar por falta de "relações com empresários", por exemplo. Não entendiam que é possível fazer uma campanha sem caixa dois, sem se juntar com o inescrupuloso, sem comprometer o governo. E o Freixo, o político, que teoricamente deveria estar em uma posição mais conservadora, estava na vanguarda. Isso me intrigou. Marcelo responde de forma muito simples, apontando para uma nova forma de fazer política. O político sendo mais vanguarda que a classe artística?! Ele já fez assim. Na primeira campanha, vendeu um carro e foi eleito. Na segunda, na qual foi o segundo deputado mais votado, repetiu o procedimento. Sem concessões. Para ele, se não for assim, é melhor não ser. Essa é a nova forma, a nova possibilidade de fazer política. E isso é maravilhoso! Nessa eleição, nenhum outro candidato disputou com um oponente com um poder tão forte quanto o do Paes. E nós tivemos 30% dos votos!

Poucas vezes me senti tão perto da história, e aquilo me fez muito feliz. A campanha, em si, foi mesmo um Davi contra Golias, pela absoluta falta de grana. Ela deixou um legado, e ele ecoa na figura do Marcelo. Com certeza, ele perdeu muitos votos por aceitar o pragmatismo da velha política. Mas o que ganhou é mais forte. Plantou a semente de uma nova forma de se fazer política. O fato de botar mais de 15 mil pessoas na Lapa, em um palco semiescuro, debaixo de uma chuva torrencial, disputando com o sucesso da novela, sem ter muitos artistas nem jogadores de futebol, foi uma grande vitória. A mídia foi promovida basicamente por rede social. Em outro momento, quando abraçamos o Maracanã, por pouco não dávamos três voltas! O número de pessoas que foram ao comício e ao Maracanã deve ser maior do que o total de militantes do PSOL no Brasil todo. Isso me fez acreditar que foi um momento histórico na política da nossa cidade, do estado, do país. E eu estava lá.

Marcelo tem uma indignação legítima, que vai além do fato de ele ter tido um irmão morto pela polícia. E é essa indignação que o tira da cama todos os dias. Quando a gente escreveu aquela carta para entregar ao relator da ONU, a chacina tinha vitimado supostos traficantes, mortos pelas mãos da polícia. Isso que existe é inconstitucional: ser traficante é uma atividade que quase dá à polícia o direito de assassiná-lo. Afora isso, o laudo mostrava que algumas das pessoas tinham sido mortas com tiros na nuca e na falange do dedo. Ou seja, se renderam, estavam com as mãos atrás da cabeça. Se você está perto da mãe desse cara, que não tem culpa da escolha do filho, e você vê que existe um papel com esse laudo e, do outro lado, a polícia dizendo que só se defendeu, isso cria uma revolta.

Sou um homem adulto do século passado, quase chegando aos 50 anos. Sempre tive uma posição pessoal partidária de esquerda, mas, como muitos outros, me decepcionei com a esquerda, com o PT. E sinto uma decepção ainda maior com o mundo, porque os trabalhadores chegaram ao poder na maior parte dele. Entrei nessa porque o Marcelo me pediu, não tinha esse plano. Entrei por admiração e amizade. Continuar na política não faz parte dos meus planos, mas quero estar com o Marcelo aonde ele for. Estar por perto, discutir estratégias, pensamentos.

Sendo esse homem quase das cavernas, acredito que o excesso de informação está produzindo um efeito colateral: estamos perdendo certas referências. Li que o Steve Jobs, por exemplo, ouvia vinil. O cara que inventou o iPod escutava disco de vinil! Já até escrevi poesia sobre isso: não é questão de descartar a tecnologia, mas de usá-la como ferramenta para encontrar sua essência. A contrapartida de tantos avanços tecnológicos tem que ser algo artesanal, essencial. E na política a saída é essa ingenuidade, essa busca utópica, o ideal. Eu me sinto um profissional de utopias na arte e um técnico de ingenuidades na política.

Campanha é algo barra-pesada em termos de energia física. Eu queria ter estado muito mais presente, e teria sido assim se não tivesse tantos problemas de saúde. Em algum momento, também tive receio de que minha presença pudesse atrapalhar – essa coisa de ser artista. Ou, melhor dizendo, essa coisa da minha baixa autoestima. Freixo realizou o ato simbólico de começar por Campo Grande, e eu não consegui ir. Acordei cedo e a pressão fodeu tudo. Isso também aconteceu muitas outras vezes. Fiz o que pude. Quando acabou, senti uma necessidade de dormir, como se tivesse aliviado os ombros. Tive algo como uma estafa. É simbólico que o coração me dissesse que havia um descompasso: foi tudo muito intenso.

Uma conclusão a que chego, depois de ter passado pela campanha, é que o homem vacila. É capaz de ser um anjo e um demônio de um momento para outro ou ao mesmo tempo. Mas esse mesmo homem ainda me enche de esperança e me oferece uma razão para acordar todo dia. Esse mesmo homem que pode vacilar pode também nos mostrar que é bonito acreditar em lideranças.

Não quero ser melhor na rua do que em casa

Tenho a sensação de que não entendo claramente o tempo que vai passando por mim. É como se eu tivesse menos idade do que tenho. Não tenho muitas coisas que deveria ter com quase 50 anos. É como se ainda houvesse muito tempo pela frente. Vendo os meus pais passando dos 70 e poucos anos, noto que estão muito bem fisicamente. Fico achando que ainda vou fazer coisas para eles no futuro: uma viagem, um fim de semana na praia.

Quando penso em mim mais velho, isso não é suficiente para dizer que tenho pouco tempo. Quando olho os meus amigos mais velhos, percebo que não tenho tanto tempo assim. Acabei optando por viver no risco. A política foi uma atitude ousada, porque o desgaste – físico e emocional – é muito grande. Arrisca-se grana, arrisca-se tudo. Mas é uma parte do meu comprometimento com a vida.

Minha família não entende e diz que não posso ser melhor para os da rua do que para os de casa. Essa é uma frase recorrente. Eles não percebem esse desalinho, que minha proposta é estar em tudo: na ONG, na política, na minha música. Minha entrega é plural. Sempre foi assim.

Tenho pouquíssima privacidade. Por outro lado, gosto que a minha casa sirva a propósitos nos quais acredito. De repente, vai servir ainda para alguém que nem conheço. Tem sempre alguém de fora, uma reunião. Procuro estender o que seria um laço familiar, replicando a forma como fui criado em Campo Grande. Houve um tempo em que moramos na Tijuca e éramos eu, minha mãe, meu irmão, quatro primos e dois amigos, um deles africano. Minha casa, por mais que seja imprópria por ter tantos degraus, possibilita essa integração. Até meu pai, depois de ter se separado, se alojou ali por um tempo. Todos os meus irmãos já moraram comigo, à exceção da minha irmã.

Apesar de toda essa gente, quando aperta, quando estou desesperado pela doença ou de madrugada, sinto que todo mundo, de alguma maneira, está ocupado demais e tem outra coisa para cuidar. E aí, como faço? Na minha família, somos eu e minha mãe de um lado, e meus irmãos, com o meu pai, de outro. Uma besteira... Minha irmã, Carolina, é na realidade irmã do Pedro, meu irmão menor. Meu pai se casou com a mãe dela, que era viúva. Quando comecei a perceber o amor que ela tinha por ele, vi o que o destino tinha feito com a gente: tinha despertado um amor incondicional de irmãos por ela, e a recíproca era verdadeira. Passei a chamá-la de irmã, e ela, a me chamar de irmão.

Se este livro serve de alguma coisa para mim, pessoalmente, ele tem que servir como um pedido de perdão. Eu peço perdão por minhas escolhas terem afetado a minha família. Eu peço perdão pela minha imaturidade, pelo meu senso de humor. Eu peço perdão porque tudo o que proponho para fora só faz sentido se existe dentro. Tudo o que eu proponho para fora, quando não acontece em casa, me agride.

Minha ex-namorada não sabe a falta que eu sinto do filho dela. Quando namoramos, a proposta era que a gente fosse uma família. Sinto muito a distância deles. A Maíra também teve um filho e eu não soube da gravidez. Acabei escrevendo sobre o sentimento pelo filho dela.

Estou sempre questionando as fronteiras, inclusive a familiar. Por que não pode ser ampla, inusitada? O filho que não tive cabe no meu irmão, cabe nos filhos das namoradas, nos filhos dos primos, nos inúmeros afilhados. Acho que sempre quis isso. Confesso que não desisti de tudo, mas, cada vez que um relacionamento não dá certo, isso vai me secando. A necessidade de recomeçar, de ter que acreditar de novo, vai me cansando.

Penso que não tive uma história com uma única mulher. Essa "única mulher" passou a ser uma reunião de todas. Eu me casei com a categoria "mulher". Talvez não tenha sido pai de um para ser pai de vários, ou cumprir um papel parcial do que vem a ser pai para alguns. Quando alguém me para na rua e fala sobre o bem que o meu trabalho proporcionou, fico querendo que tivesse acontecido na minha família.

Nunca ouvi nada parecido dos meus. Queria ter oferecido alguma coisa realmente boa para diminuir esses rancores de casa, essas impossibilidades. Se falar sobre a minha vida tem uma utilidade para mim, é pedir esse perdão, sobretudo se não consegui provar para a minha família quanto sinto de amor ou se fui negativo a ponto de atrapalhar nossas relações.

Eu deixo todas as minhas fragilidades ou os meus erros evidentes. Sou muito franco. Ter alguém de casa questionando isso não é legal. Tendo a proteger as pessoas que amo, não é uma questão de a minha família ser unida ou não. É uma dor minha de não ter sido claro, de achar que não pude ou não consegui dar o suficiente. Tudo o que dei foi pouco. Porque, se eu posso sair da minha casa e ir para Nova Iguaçu, ficar horas dentro do porão da delegacia, acreditando no que estou fazendo ali, isso tem que ser dez vezes mais em casa. Eles têm que acreditar que também sou capaz da mesma entrega por eles.

É difícil ter uma pessoa como eu em casa, com tantos sentimentos à flor da pele. Estou pedindo desculpas pelos meus excessos, pela minha incapacidade. E pelo meu medo do futuro também. Porque, em se tratando de família, essas pessoas construíram novas famílias ou ainda o farão, como meus irmãos menores. Eles construíram um esteio para se segurarem à medida que o tempo nos for castigando. Eu não consegui fazer isso, é tudo muito inseguro. Tirando a minha mãe, todas as relações que tenho com as pessoas que cuidam de mim são pagas. Como vai ser quando minha mãe não estiver aqui? E se eu não tiver mais como pagar? Cada um dos meus familiares tem a sua vida e, no entanto, eu posso, às três horas da manhã, ter uma subida brusca de pressão ou qualquer coisa assim. Preciso de ajuda! E só tenho um enfermeiro, que não sei de onde veio e que, se eu não pagar no dia certo, posso nem ter mais.

Vivo sob uma sombra pesada do que possa vir a ser meu futuro. Uma solidão incrível. Acho que o homem confunde estar só com a solidão. Eu convivo bem com o estar só. Mas há momentos em que, como todo mundo, estou só com a minha solidão. E a minha solidão é risco de vida. Pela minha dependência, não posso existir assim. Meu irmão tem a família dele, meu pai também. Em casa é como se fosse uma família composta por mim e pela minha mãe.

Esse amor incondicional, só minha mãe tem comigo. Chega até a se perder, a exagerar com seus cuidados. E eu me perco também.

Mas, enquanto essa relação confusa existir, estarei muito mais só do que solitário. Estar sozinho não me incomoda. Mas a solidão...

Não sei se algum dia terei que abrir mão da casa. Por outro lado, penso em como a cadeira foi uma curva na minha história, em como ter ido à Baixada e procurar ser músico foi uma curva na história, em como ter vindo para o Rio estudar, fazer faculdade, foi uma curva na história, em como ter saído da Baixada para montar O Rappa foi uma curva na história... Talvez eu não entenda hoje que posso vir a ter força para fazer outras curvas.

Eu me lembro de quando meu pai falou que a gente ia morar em Angra e de quanto chorei naquele dia. Achava que perderia todos os meus amigos, a casa dos meus primos, que era o paraíso para mim. Depois fui ver que não era exatamente assim: são as tais curvas da história. E quanto todas as que fiz foram boas para mim? Quanto me fez uma pessoa diferente ter morado naquela praia? Quanto aquilo me acrescentou, assim como Campo Grande? Agora penso que adoro a rua, adoro a casa, e sei que não poderia ser na Zona Sul. Foi um ato consciente não morar na Zona Sul, pois eu queria manter meus olhos perto da minha identidade.

Achava que tudo isso era só uma culpa, agora vejo como necessidade. Tem culpa católica, cartesiana, mas também é a simples necessidade de quem foi educado dessa maneira.

Agradeço a oportunidade que tenho para pedir perdão. Eu precisava dela. De alguma forma, me parece que é necessário que isto esteja escrito assim. Se eu formulasse diretamente para a minha família este pedido de desculpas, acho que iriam me mandar tomar no cu. Agora, aqui, espero que este perdão possa ter outro eco. Então eu peço: perdoem-me pelo que fiz e pelo que não pude fazer.

Posfácio,
por Bruno Levinson

Tudo começou há mais de quatro anos, quando me encontrei pela primeira vez com o Yuka e dei a ideia deste livro que agora está aqui, pronto. Cheguei à casa dele e ele estava entretido com um caiaque e dois amigos. Fiquei quieto no meu canto, só assistindo ao Yuka enquanto ele planejava uma travessia – que ainda segue querendo fazer – do Rio a Niterói, contando apenas com seu remo.

Na hora, me veio a ideia de que eu também estava lá para lhe propor uma espécie de travessia. Já tinha adiantado o assunto por telefone e, enquanto ele fazia desenhos e mostrava como achava que o caiaque especial para ele tinha que ser, ia fazendo um certo terrorismo. Falava em tom de ameaça: "Bruno, você vai aguentar? Vou falar de coisas terríveis." Salientou, mais de uma vez, que não teria volta. E não teve mesmo. O tempo todo o deixei à vontade para desistir, para parar. Mas que nada. Foram mais de trinta longas entrevistas. Mais de uma vez voltamos aos mesmos assuntos, e ele não deixou nenhuma pergunta sem resposta.

Yuka foi se abrindo sem meias palavras, e escrever em primeira pessoa foi o melhor caminho que poderíamos seguir. É, literalmente, ele exposto. No próprio título, que surgiu antes de chegarmos ao fim das entrevistas, já veio a primeira pessoa do singular: *Não se preocupe comigo*. É a vida dele, são as ideias, os pontos de vista dele e de ninguém mais. Um fato ou outro fui checar, mas, até nesses momentos, achei válido, de alguma forma, deixar implícitas no texto as dúvidas que o Yuka tinha. Tantas vezes as dúvidas dizem muito mais de nós que as nossas próprias certezas...

A vida de ninguém se esgota em si mesmo. A do Yuka não é diferente. Pela sua trajetória passaram muitos personagens; houve muitas pessoas transformadoras e transformadas: a todas devemos sempre respeito e um olhar de afeto. Situações e personagens adversos sempre existem, fazem parte. Não cabe a este livro julgamentos definitivos. Trata-se da vida sob a ótica do próprio Yuka.

Eu o conheço há 20 anos. Sabia perfeitamente que não seria nada fácil. Tinha certeza de que passaríamos por momentos dolorosos. Mas, se ele estava disposto e confiante, eu iria junto. Nós fomos. Passamos por várias horas difíceis, delicadas, e o Yuka sempre verbalizando suas ideias, seus sentimentos. Diversas vezes, me fez sentir totalmente à flor da pele. Era ele se expondo, e quem ficava em carne viva era eu.

Em muitas ocasiões, tive o ímpeto e me deixei levar por uma vontade sufocante de abraçar meu amigo. Em tantas outras, me senti sem chão, sem pernas. Balancei em vários momentos. Houve dias em que desci a ladeira da casa dele, o espaço das entrevistas, chorando; lembrava-me de seu alerta inicial. O livro é sobre a vida do Yuka, mas, com certeza, a minha nunca mais será a mesma. E, se me cabe um desejo neste momento, espero que a de vocês também sofra profundas transformações ao conhecer as ideias, os motivos, os pensamentos desse cara que está aqui tão perto, tão vivo e com tanto para dizer.

Desde o início, achava que o processo do livro não deveria ser rápido. O tempo de sua feitura deveria ser um filtro, um agente, parte do processo. Durante todo esse período, pensei no Yuka diariamente. E fiquei dias para escrever estas últimas linhas. Sinto uma dificuldade de me desapegar, de colocar o ponto final. Vem-me um sentimento de despedida, uma saudade. Foi sempre muito enriquecedor estar com ele, um privilégio enorme ter escutado todas as suas razões e tantos dos seus sentimentos.

Termino este livro e já espero ansioso que o tempo passe, para me ver obrigado a fazer uma nova edição, com outros capítulos da trajetória do Yuka. Quando escrevia este posfácio, seu novo disco – o melhor que ele já fez – estava quase pronto. Há a espera pela volta aos palcos, um programa de televisão e até a possibilidade de caminhos nas artes plásticas. Também nos desenhos, mais uma forma de expressão, toda sua intensidade e seu talento aparecem. Ele tem uma entrega de corpo e alma em tudo o que faz, e isso é inspirador e poético. Yuka se joga sem rede de proteção. Dedica todo o seu tempo e faz disso sua vida: é um homem-arte. Por tudo isso, por toda a minha amizade, por todos os meus mais sinceros desejos positivos em relação a ele, creio, com este livro, ter feito a minha parte. As pessoas precisam ver, escutar, ler e, assim, de alguma forma, conviver. Desejo, profundamente, um pouco mais de Yuka na vida de nós todos.

Para finalmente virar esta última página, não poderia deixar de agradecer enormemente à confiança que ele me depositou. Obrigado, amigo! Espero ter sido um bom caminho para tantas das suas histórias e buscas. Para o que der e vier, é só chamar. Estou junto e não pretendo me afastar jamais. Positivamente, eu me preocupo muito contigo!

INFORMAÇÕES SOBRE A SEXTANTE

Para saber mais sobre os títulos e autores
da EDITORA SEXTANTE,
visite o site www.sextante.com.br
e curta as nossas redes sociais.
Além de informações sobre os próximos lançamentos,
você terá acesso a conteúdos exclusivos
e poderá participar de promoções e sorteios.

www.sextante.com.br

facebook.com/esextante

twitter.com/sextante

instagram.com/editorasextante

Se quiser receber informações por e-mail,
basta se cadastrar diretamente no nosso site
ou enviar uma mensagem para
atendimento@esextante.com.br

Editora Sextante
Rua Voluntários da Pátria, 45 / 1.404 – Botafogo
Rio de Janeiro – RJ – 22270-000 – Brasil
Telefone: (21) 2538-4100 – Fax: (21) 2286-9244
E-mail: atendimento@esextante.com.br